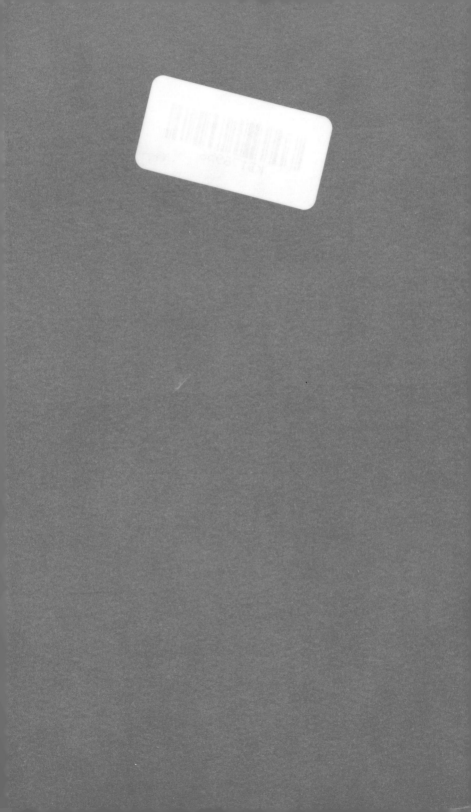

CONTENTS

중국의 톈안먼 민주화운동이 있었던 1989년

"폭력은 어떤 상황에서도
정당화될 수 없는가?"

이민자 폭동이 사회문제가 되었던 2006년

"특정한 문화의 가치를
보편적으로 판단할 수 있는가?"

정치인의 탈세와 온갖 비리로 얼룩졌던 2013년

"정치에 관심을 두지 않고도
도덕적으로 행동할 수 있는가?"

200년 넘게
프랑스가 함께 생각하고 답해온
바칼로레아 철학 문제들

'시험의 목적은 스스로 생각하고 행동하는
건강한 시민을 길러내는 것이다.'

— 1808년 바칼로레아를 만들며

"올해는 어떤 철학 문제가 나왔을까?"

철학 시험 문제를 기다리는
프랑스 시민

자신이 작성한 답안을 발표하는
정치인들

거리에서 공원에서
집 안에서
프랑스 곳곳에서

자발적으로 치르는 시험

철학 과목을 포함한
15개 과목 모두 논술
일주일간의 시험

20점 만점에 10점 이상이면 통과

시험에 통과하면
점수에 상관없이 원하는 국공립대학에
입학할 수 있다

10점 이상을 받은 합격자는
전체 수험생의 약 80퍼센트 이상

10점 미만 불합격자에겐
재시험의 기회를 준다

바칼로레아baccalauréat

: 프랑스의 대학입학 자격시험

복잡한 지문 없는
짧은 한 문장의
철학 시험 문제

모든 사람을 존중해야 하는가? (1993년)

과거에서 벗어날 수 있는가? (1996년)

타인을 심판할 수 있는가? (2000년)

세 개의 질문 중 하나를 골라
네 시간에 걸쳐
답을 작성해야 하는 수험생들

시험의 목적

찍을 수 있는 '보기'도 없고
외울 수 있는 모범 답안도 없는 시험

책 읽기를 통해 저는 시간을 더 능동적으로 통제합니다. 시간은 삶의 재료이므로 결국 그 과정을 통해 저는 제 인생의 온전한 주인이 됩니다.

〈지식채널ⓔ〉 프로그램을 통해 우리에게 다가온 앎을, 『지식ⓔ』를 통해 되새기고, 앎이 여러분들의 삶이 되길 희망합니다. 독서를 통해 기회를 부여잡아 카이로스의 주인이 되기를 소망합니다.

크로노스도 카이로스도 그리스어로 모두 다 시간을 뜻합니다. 다만 그 의미는 대조적이지요. 크로노스는 일상적으로 흘러가는 시간입니다. 카이로스는 자신의 운명을 바꿀 수 있는 시간입니다. 다시 말해 크로노스의 시간은 누구에게나 공평하게 흐르는 객관적인 시간이고, 카이로스의 시간은 나에게만 허락된 기회를 뜻합니다.

TV를 보는 시청자들의 시간은 공평하게 흐릅니다. TV를 보는 것은 PD가 정한 시간의 흐름 속에 나의 의식을 맡기는 일입니다. 다음 내용이 궁금해도 자막이 뜰 때까지 기다려야 하고, 머릿속에 뭔가 떠오르는 의문이 있어도 눈은 다음 화면을 좇습니다. 책을 읽는 것은 그 시간의 흐름을 내 것으로 만드는 일입니다. 궁금할 땐 책장을 뒤로 휙휙 넘기고, 이상할 땐 다시 앞으로 돌아가고, 그러다 뭔가 떠오른 순간에는 읽기를 잠시 멈추고 의미를 곰곰이 씹어 그 깨달음을 내 것으로 만듭니다. 제가 TV 시청보다 독서를 더 좋아하는 이유가 여기에 있습니다.

/ 김민식 MBC PD

작 알아야 할 것을 모르고 살아갑니다. 알 것이 너무 많아 알고 싶은 욕망이 사라지고, 집중할 수 있는 힘을 잃어버렸습니다. 책을 읽을 짬이 없는 현대인들에게, 〈지식채널ⓔ〉의 제작진은 우리 대신 수많은 책을 읽고 그 속에서 우리가 알면 더 좋을 귀한 이야기들을 찾아냅니다.

'십오엔 오십전'이라는 생소한 단어가 화면을 통해 물음표를 던집니다. 그 물음은 책을 통해 느낌표로 바뀝니다. 이제 열 권에 접어드는 『지식ⓔ』 시리즈는 활자와 영상의 상호보완적 협력관계를 가장 아름답게 구현합니다.

1부 '크로노스Chronos'에서는 우리가 몰랐던, 그러나 알면 더 좋을 것들을 이야기합니다. 2부 '카이로스Kairos'에서는 우리가 몰랐던, 그러나 알면 더 좋을 사람들을 말합니다. 앎과 삶, 둘은 어떻게 연결될까요? 시간을 통해 연결됩니다. 앎을 삶으로 체화하기 위해서는 시간이 필요하니까요.

INTRO

크로노스와 카이로스,
보는 것과 읽는 것,
그리고 앎과 삶

방송사 PD로 일하지만 저는 TV를 거의 보지 않습니다. 오히려
책을 즐겨 읽습니다. PD는 시청자 대신 글을 읽는 사람입니다.
수많은 대본을 읽고 그중 가장 재미난 이야기를 골라, 글을 읽
고 떠오른 이미지를 TV 화면으로 옮기는 것이 PD가 하는 일입
니다.

조선시대 문필가가 한시를 지었을 때 동시대 사람들 중 몇 명
이나 그것을 읽었을까요? 오늘날 〈지식채널ⓔ〉의 PD가 화면에
글을 쓰면 수백만 명이 읽습니다. 어떤 작가의 작품도 같은 시
간에 이렇게 많이 읽힌 적은 없을 것입니다. 〈지식채널ⓔ〉의 제
작진은 우리 시대의 음유시인입니다. 〈지식채널ⓔ〉의 화면 속
자막을 읽을 때마다 PD와 작가들의 활자에 대한 열정이 느껴
집니다. 시청자들에게 쉽고 명료하게 메시지를 전달하기 위해
그들은 얼마나 많은 책을 읽었을까요?

오늘날 우리 시대는 알아야 할 것이 너무 많습니다. 그래서 정

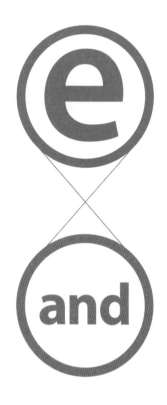

EBS 미디어 기획
EBS 지식채널ⓔ 지음

북하우스

지식
and

2
KAIROS

1

CHRONOS

SMURF CONSPIRACY

PHELOPHEPA

MODERN TIMES

CHRONOS **01**

3년 후

©문견희

힐난하듯
사람들이 따져 물었습니다

이렇게 징그러운 것을
왜 이토록 아름답게 찍은 겁니까?

2010~2011년
구제역과 조류인플루엔자
대규모 확산

발생 농장 3킬로미터 이내
돼지와 소 430만 마리
닭과 오리 640만 마리
살처분

"안락사 후, 매립 또는 소각 처리해야 한다."
―〈동물보호법〉제10조

그러나 인력과 시간 부족으로
제대로 지켜지지 않은 매몰 지침

다급하게 조성된
전국 4800여 곳의 매몰지

가축들이 내지르던
비명과 버둥거림

'생명을 이렇게 대해도 되는 걸까?
묻으면 그걸로 끝일까?'

"가축 사체를 묻은 토지는
3년간 발굴(사용)을 제한한다."
―〈가축전염병 예방법〉제24조

3년 후

"가까이에서 찍기 위해 발을 내디뎠는데
바닥이 '물컹' 했습니다. 진흙이나 눈밭과는
전혀 다른 낯선 감촉이었습니다."

심한 악취
물컹물컹한 땅

그리고
하얗게 보이는
돼지 뼈

"원래 3미터 깊이로 매립해야 하는데
그때는 추운 겨울이라 깊게 파묻지를 못했대요."

그 아래에서
자라고 있는 풀

"고마웠어요.
아, 그래도 이곳에서 생명이 자라고 있구나"

하지만
몇 달 후 목격한
참혹한 광경

새하얀 액체를 토하며
기이하게 죽어가는 풀

"땅이 썩고 있었습니다.
시골에서 나고 자랐지만
땅이 썩는다는 것은
들은 적도 본 적도 없습니다."

인간이 저지른 짓을 수습하기 위해
안간힘을 쓰는 곰팡이

그 땅 위에서 어떻게든
살아내보려고 몸부림치는 풀들

"도대체 무엇이 아름답고
무엇이 징그러운 걸까요?"

©문선희

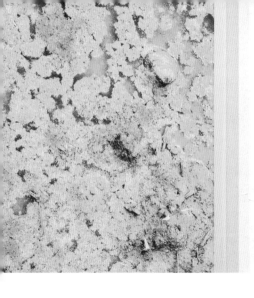

1.765

1765

제목 대신 적힌
낯선 숫자의 의미

돼지 1765마리가 묻힌
충북 진천

소 299마리가 묻힌
충북 괴산

돼지 2312마리가 묻힌
충북 증평

오리 1만 1800마리가 묻힌
전남 광주

2016년
최악의 조류인플루엔자 발생

인간에게 다가올 수 있는
불이익을 차단하기 위해

전국적으로
3123만 마리의
가금류가 살처분됐다

— 농림축산식품부(2017년 1월 9일 기준)

©문선희

가축이 질병에 걸렸을 경우 전염을 막기 위해 일정 반경 내 가축들을 모두 죽이는 살처분殺處分은 19세기 영국에서 시작되었다. 이전까지 영국 정부와 농민들은 구제역처럼 유행 시기가 짧고 치사율이 낮은 질병은 대수롭지 않게 여겼다. 그러나 1865년 전염성이 강하고 치사율이 높은 우역牛疫이 돌자, 영국 정부는 그간의 방임적 태도를 접고 광범위한 법률적 통제를 하기 시작했다. 우역은 반드시 신고해야 할 질병이 되었고, 우역에 감염된 가축과 그와 접촉한 가축들은 모두 살처분됐다. 이러한 조치들이 일련의 성공을 거두자 시민들은, 국가가 개입해 가축 질병을 통제하는 일을 타당하게 받아들였다.

이후 영국 정부는 다른 가축 질병까지 통제해야 한다는 책임감으로 1869년 구제역에 감염된 가축의 이동과 매매를 금지하는 법률을 제정했다. 이 조치는 곧 구제역 발병 지역 인근의 모든 가축을 대상으로 확대되었다. 고려대 과학기술학연구소 연구위원 김동광에 따르면 이로써 대수롭지 않게 여겨지던 구제역은 무서운 가축전염병이자 엄청난 비용 손실을 초래하는 외부 침입자, 광범한

국가적 통제 수단을 통해 근절시켜야 할 무엇으로 간주되기 시작했다. 좀 더 효율적인 통제법을 요구하는 목소리도 높아졌다. 이에 영국 정부는 1892년 살처분을 구제역의 공식 대응책으로 채택하고, 2001년 소·돼지 460여만 마리를 생매장할 때까지 유일한 처방전으로 받아들였다.

한국도 1961년부터 시행한 '가축전염병 예방법'에 살처분 조항을 넣었으나 우역, 우폐역, 비저, 광견병에 한했다. 그러다 1999년 관련 법을 개정하면서 구제역과 고병원성 조류인플루엔자Avian Influenza, AI를 1종 가축전염병으로 규정하고, 발병지 인근 500미터에서 3킬로미터 이내 모든 가축을 살처분 대상으로 삼았다. 처분 방식은 싸고 빠르되 동물에게는 고통이 큰 이산화탄소와 질소 가스를 이용한 질식을 택했다.

2000년 한국 최초로 구제역이 발병하자 정부는 매뉴얼에 따라 가축 2000여 마리를 살처분하고 22일 만에 사태를 매듭지었다. 그러나 그로부터 10년 후인 2010년, 구제역은 그해에만 세 번, 도합 5개월간 창궐했다. 소·돼지 350여만 마리가 묻히고, 방역 작업에 투입된 공무원 9명이 과로 등으로 숨졌으며, 164명이 발버둥치는 동물에 치이는 등의 사고로 부상을 입었다. 농장주를 비롯해 현장을 지켜본 수많은 사람들은 정신적 트라우마를 호소했다. 피해액은 3조 원을 넘겼다.

그러자 그동안 정부와 농민 간의 일로만 치부됐던 살처분이 사회적 의제로 떠올랐다. 정부를 비롯한 살처분 찬성측은, 예방적 살처분이 가축 질병 통제에 매우 효과적이며 경제적 이익도 크다는 입장이다. 찬성측 입장에 따르면 병든 가축은 죽이는 것보다 치료하는 데 비용이 더 든다. 치료를 통해 낫더라도 성장이 더디고 (젖소는) 산유량이 줄어 경제성이 떨어진다. 구제역의 경우 백신을 사용하면 '구제역 청정국'에서 '백신 청정국'으로 국제 등급이 한 단계 낮아져 육류 수출에 제한을 받는다. 이런 이유로 그간의 정부 시책은 온통 구제역 청정국 지위를 유지하는 데 맞춰져 있었다. 가축을 살처분할 경우 시세의 80~100퍼센트 보상금을 지급하지만, 그렇지 않은 농가의 제품은 유통을 금지해 사실상 손해를 보게 하는 보상금 지급안이 그 사례다.

동물보호연대 등 살처분 반대측은 국가가 주도해온 가축 질병에 대한 정의와 통제 방식, 경제적 논리 이외의 관점은 모두 배제하는 태도, 목표 달성을 위해 희생을 당연시하는 인식을 문제 삼았다. 나아가 살처분의 경제성에 의문을 제기했다. 병에 걸린 가축 수십 마리 때문에 수천만 마리를 예방적 조처라는 명목으로 죽이는 건 비경제적이라는 주장이다. 조 단위가 넘는 물적 피해, 계량할 수 없는 인적 피해와 환경 훼손도 살처분이 '값싸고 효율적'이라는 논리를 반박한다. 살처분 반대측 입장에 따르면 주요 육류 수입국으로서 연간 육류 수출액이 20억 원에 불과한 한국은 '구제역 청정국'

이라는 명예에 집착하는 것보다, 백신으로 병을 예방·치료하는 게 보다 이익이다. 실제로 2010~2011년 구제역 사태가 걷잡을 수 없이 번지자, 2011년 3월 정부는 살처분 대신 백신 접종 정책을 추진했고 일련의 효과를 봤다.

사람, 자원, 자본의 이동이 제한적이던 시절에 마련한 '통제→동원→근절'의 군사적 전략이 여전히 유효한지도 되돌아볼 필요가 있다. 2016년 발생한 AI에 정부는 그즈음 해외여행을 다녀온 농장주를 병인으로 지목했지만, 전문가들은 전 지구적 자본주의 시대인 오늘날에는 바이러스 유입 경로가 워낙 다양해 사실상 예측이 불가능하고, 토착화됐을 가능성도 배제할 수 없다고 말한다.

일상이 된 가축 질병과 점차 빨라지는 전염 속도도 살처분 방식의 효용성을 회의하게 만든다. 2003년 처음 발병한 AI는 이후 2, 3년 주기로 발생하다가 2014년부터는 매해 일어났다. 피해 규모와 속도도 점점 크고 빨라졌다. 2006년 발생한 AI가 104일 동안 가금류 280여만 마리를 죽음으로 내몰았다면, 2017년 발생한 AI로 3300여만 마리가 희생되는 데는 50일이 채 걸리지 않았다. 무엇보다 이 과정에서 동물과 인간의 고통이 너무 컸다. 전염병 근절을 위한 속도전으로 사람이 죽고, 동물을 생매장하는 일이 비일비재했다.

이에 시민단체들은 사후 수습보다 예방에 중점을 두고, 살처분을 하더라도 지금과 같은 과잉 살상은 지양하며, 동물의 고통을 최소화함으로써 '육식에 대한 예의'를 지키라고 요구했다. 그러나 정부는 이를 수용하기보다는 문제 자체를 도외시해, 2012년 이후 감염병 관리 및 실태 조사를 단 한 번도 실시하지 않았으며, '법정 감염병 관리위원회'도 열지 않았다. 2015년 12월 '감염병의 예방 및 관리에 관한 법률'을 개정하며 감염병 연구병원을 의무적으로 운영하도록 했지만, 이 역시 시행되지 않았다.

동물의 탈동물화를 중단하기

오늘날 전 세계 가축 농장의 90퍼센트 이상을 차지하는 공장식 축산은 대량 생산, 대량 소비를 위해 최소 비용으로 많은 고기를 생산하는 방식이다. 이를 위해 동물들은 '표준화된' 방법으로 길러지거나 죽는다. 예컨대 산란계(서너 마리)는 A4 용지 한 장 미만 크기의 케이지 속에서 평생 알을 낳는다. 알을 못 낳는 수평아리는 부화되자마자 분쇄기에 갈린다. 평균수명이 20년인 젖소는 산유량이 떨어지는 시기에 맞춰 도축된다. 송아지는 돌아다니지 못하게 쇠사슬로 묶는다. 암돼지는 몸에 딱 맞는 스톨에 갇혀 임신과 출산을 반복한다.

이런 야만적인 환경에 노출된 동물들은 극도의 스트레스로 자해를 하거나 다른 동물을 해치게 된다. 그래서 닭은 부리를 자르기도 한다. 스트레스가 높아 질병에도 취약해지니 사료에 항생제를 섞여 먹인다(게다가 적당량의 항생제는 성장을 촉진한다). 〈뉴욕타임스〉에 따르면 2011년 생산된 항생제의 80퍼센트가 가축에 쓰였다. 밀집사육으로 인해 전염병이 돌면 집단 발병하기 십상이고, 병에 걸린 동물과 그렇지 않은 동물을 구분하기도 어려워진다. 살처분은 이 난제를 해결하는 유일한 방안이자, "가축을 식약품의 원자재로만 환원해 생각하는 '생산제일주의 문명'의 치명적 결과"다.

2017년 봉준호 감독은 산골소녀 '미자'와 슈퍼돼지 '옥자'의 우정에 빗대어, 비인도적인 자본주의와 공장식 축산 시스템을 비판하는 영화 〈옥자〉를 만들었다. 영화가 SF 형식을 빌려 동물과 인간, 자연과 사회를 대비하며 둘 간의 위계를 흔들었다면, 유럽연합 EU은 한발 앞서 현실 세계에서 직접 교정을 시도했다. 1999년 5월 EU는 '암스테르담조약'에서 동물이 감정을 지닌 고유의 존재이며, 동물의 건강한 삶이 인간과 자연의 건강과 직결된다는 것을 인정하고 '동물 보호 및 복지에 대한 의정서'에 합의했다. 이후 ▲2006년부터 성장촉진제, 항생제 사용 전면 금지 ▲동물복지 5개년 행동계획 수립 ▲2012년부터 산란계 일반 케이지 사육 금지 ▲2013년부터 돼지의 스톨 사육과 송아지 나무틀 사육 금지 ▲다른 나라와 자유무역협정FTA 협상 시 동물복지를 비교역적 의제로 제시하는 등의 정책을 단계적으로 추진했다.

2009년 EU와 FTA를 체결한 한국은 2012년부터 산란계를 시작으로 돼지, 육계, 소 등 가축에 대해 '동물복지 축산농장 인증제'를 실시했다. 그러나 제도가 무색하게 동물복지 농장은 전체 농가의 1퍼센트를 밑돌았다. 여기에 경제논리, 육류 과소비를 조장하는 시장, 동물복지에 대한 사회의 냉소적인 시각이 더해진 결과로 나타난 것이 2017년 가금류 3300만 마리 살처분이다.

사상 최악의 참사에 정부와 사회가 방역 시스템을 되돌아보는 동안, 철학자 우석영은 '살처분의 현실'을 바꿀 다른 길을 제안한다. 그에 따르면 그 첫걸음은 '동물의 탈동물화'를 멈추는 데서 시작한다. 즉, "어느 걸그룹이 손에 들고 봉처럼 흔들어대는 '호식이두마리치킨'의 닭다리를, 어느 특정 장소에서 숨 쉬며 살아 움직였던, 자기만의 눈과 부리, 벼슬, 날개, 다리, 발톱을 지니고 살았던 특정 포유류의 몸, 그 생명의 이동과 동작을 가능하게 했던 몸의 일부로, '삶이 있었던 자리'로 보는 일 말이다."

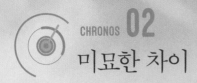

1972년
일본 오사카

불길에 휩싸인 백화점
사망자 118명

생존자 중
단 한 명의 눈에 띈

非常口

'非常口^{비상구}라는 한자는
아이나 외국인이 읽기 어렵고
비상시 눈에 잘 띄지 않는다.'

— 사고 당시 일본 소방청 보고서

'비상구'에 맞게 고안된
새로운 픽토그램

하지만

"무게중심이 뒤로 치우쳐 있어
밖으로 나가는 인상을 주지 못한다."

— 오타 유키오, 일본디자인학회

역동성을 느낄 수 있도록
팔과 다리의 선을 변화

발과 그림자를 띄워
달리는 동작을 강조

수년간의 논의와 보완 끝에
1980년 완성된
국제 규격 비상구 픽토그램

미묘한 차이
미묘한 인식의 차이

누구나 쉽게 이해할 수 있도록
만들어진 시각 언어
픽토그램

1968년
덴마크 대학생이 디자인한 휠체어 마크에
머리를 의미하는 동그라미를 추가

이후 46년 동안 사용되던
장애인 픽토그램

그러나
2014년 미국 뉴욕
미묘한 변화가 시작됐다

"휠체어에 뻣뻣하게 앉은 사람의 팔다리가
마치 기계의 일부처럼 경직돼 보였고
누군가 밀어주지 않으면
아무것도 할 수 없을 것 같았어요."
— 사라 헨드렌, 새로운 장애인 픽토그램 고안자

앞을 향해 나아가려는 머리
휠체어를 움직이는 듯한 팔
움직임이 느껴지는 휠체어

그러나

"공공시설물 파손행위다."
— 뉴욕시

"장애인을 마치 운동선수처럼 그렸다."
— 국제표준화기구

그럼에도
미묘한 차이가 만든
미묘한 인식의 변화

"취향의 차이지만 저는 새로운 마크가 좋네요.
'장애'가 무언가를 할 수 없다는 의미가
아니라는 걸 보여주는 것 같아요."
— 어느 보스턴 시민

"우리가 항상 보는 장애인 표지가 장애인을
나약하고 움직이지 못하는 사람으로
인식하는 데 영향을 준다."
— 브라이언 글렌니, 고든대학 철학과 교수

시민의 호응을 얻어
46년 만에 바뀐
뉴욕의 장애인 픽토그램

도시를 움직이는 수많은 기호들

그 속에 숨은
미묘한 차이들

　　　　　　　　사물, 시설, 행태, 개념 등을 대중이 쉽게 알아볼 수 있도록 상징적인 이미지로 나타낸 그림문자이자 상징문자인 픽토그램pictogram은, 영어로 '그림picto'과 '전보telegram'를 뜻하는 단어를 합성해 만든 조어다. 문화와 인종, 국경과 언어를 초월해 직관적으로 이해할 수 있도록 한 기호로서 오늘날 국제적으로 널리 통용되고 있으며, 대개 선, 원, 삼각형, 사각형 등 기하학적 도형을 기본으로 한 이미지와 각각 다른 의미를 지닌 색깔을 조합해 사용한다. 이를테면 검정은 공공 시설물, 빨강은 긴급 및 위험, 파랑은 지시, 노랑은 주의 및 경고, 초록은 안전, 피난, 위생 등의 지시사항에 쓰이는데, 흰 바탕에 빨강색 원과 사선을 그려 '금지'를 나타내는 식이다. 픽토그램은 그림을 표현의 수단으로 삼는다는 점에서 라스코 벽화 같은 선사시대 동굴벽화에 종종 비견되지만, 이때의 그림문자pictograph가 문자 이전의 (그림)문자라면 픽토그램은 문자 이후의 고도화된 (그림)문자라는 점에서 차이가 있다.

　　픽토그램이 공공 영역에 처음 등장한 것은 20세기 초 서구에서다. 교통 표지판에 이용되기 시작해 공항 등으로 사용 반경을 넓

혔고, 이후 당대 최대의 국제행사였던 올림픽을 통해 규격이나 만듬새 등이 다듬어졌다. 1936년 독일 베를린올림픽에서 처음 선보인 올림픽 픽토그램은 1964년 일본 도쿄올림픽으로 공식화되어, 1972년 독일 뮌헨올림픽을 통해 다국적 언어로서 완성된 디자인과 체계를 갖췄다. 당시 게임 종목과 행사 안내 등의 디자인을 총괄한 울름조형대학 교수 오틀 아이허는 "픽토그램은 기호의 성격을 가져야 하고, 일러스트레이션의 기능을 가져서는 안 된다"라고 주장하며 픽토그램을 넘어 그래픽디자인의 수준을 한 단계 높였다는 평가와 함께 세계적인 명성을 얻었다. 이후 올림픽 픽토그램은 아이허의 기본 틀에 각 나라의 문화와 전통을 반영하며 조금씩 변형이 가해졌다. 2008년 중국 베이징올림픽에서 한자의 기원으로 알려진 갑골문자 모양의 픽토그램을 선보인 것이 한 예다.

   픽토그램의 효용이 입증되고 쓰임새가 점차 넓어지자, 20세기 중반 국제표준화기구International Organization for Standardization, ISO가 표준화 작업에 나섰다. 표준화 작업 초기에는 영국, 독일 등 서구 선진국의 디자인이 채택되는 경우가 대부분이었지만, 국제표준을 보유하는 것 자체가 국가적으로는 디자인 강국임을 입증할뿐더러, 디자이너 개인에게도 이름을 알릴 기회가 되면서 너도나도 참여하기 시작했다. 특히 일본은 118명의 사망자를 낸 1972년 오사카 센니치백화점 화재와 1973년 구마모토 다이요백화점 화재를 계기로 피난 유도 사인을 사회적 의제로 부쳤다. 그때까지 비상구 유도등 사인은 한자로 '非常口'라고 쓴 게 전부였는데, 두 차례의 잇단 대형 화재를 겪으며 한자를 모르는 어린이나 문맹, 외국인들에게 무용하다는 지적이 제기되었다. 이에 일본 정부는 비상구 유도등을 픽토그램으로 바꾸기로 결정하고 일반 공모로 원안을 모집한 다음, 입선작에 디자이너 오타 유키오가 수정을 가미해 최종안을 만들었다.

1980년 일본은 이 새로운 픽토그램을 ISO에 제출했다. 그런데 그 시점이 공교롭게도 ISO가 수년간 심의를 거쳐 소련의 디자인을 국제표준으로 막 결정하려던 참이었다. 소련은 즉각 일본에 항의했고, 일본 언론은 '일-소 대결'이라는 타이틀을 달아 사건을 대서특필했다. 결국 ISO는 양측의 안을 놓고 다시금 내부 회의에 돌입했다. 이 과정에서 소련이 일본의 도안을 "그림 하단이 닫히지 않았다"며 폄훼하자, 오타 유키오는 "하단을 밀폐하면 그려진 사람은 보이는 대상으로 바뀌어버린다. 액자에 갇힌 그림처럼 스스로를 객체화해버리는 것이다. 달리고 있는 도형과 그것을 보고 있는 사람의 관계가 상실된다. 하지만 하단을 개방하면, 달리는 사람의 모습을 둘러싸고 있는 공간이 바라보는 사람의 공간과 심리적으로 연결된다. 달리는 사람이 자기 자신이 되는 것"이라며 반박했다. 비상구 유도등을 사이에 둔 양국의 싸움은 1982년 소련이 ISO 런던 회의에서 자국 안을 스스로 취하하며 끝났다.

기하학적 에스페란토

1963년 ISO에 가입한 이래 줄곧 국제표준을 따르던 한국은 2002년 한일월드컵을 앞두고서야 비로소 픽토그램에 관심을 갖고 국가 차원의 표준화 작업에 돌입했다. 2001년에 지하철, 화장실 등 30종이, 2002년에 버스, 소화기 등 70종이 국가표준으로 지정되었다. 2011년에는 성평등과 다문화사회를 고려한 픽토그램 35종을 추가했다. 이를테면 지하철과 버스 등 대중교통 노약자석에 부착된 기존의 '어린이 동반자 우대석' 픽토그램이, 치마 입은 여성을 이미지화함으로써 육아가 여성의 일이라는 성차별적 고정관념을 고착시킬 가능성이 크다는 지적을 수용해 성별이 드러나지 않는 형태로 바꿨다. 이밖에도 시각장애인, 고령자, 심장질환자를 배려하고 반려동물 취급에 주의를 요하는 픽토그램도 추가하여 사회적 약자를 존중하는 방향으로 변화된 시대의 풍경을 반영했다. 언뜻 정치적으로 공정하고 객관성을 담보한 듯한 픽토그램이 실상 사회적으로 구성된 기호로서 세간의 인식에 영향을 받을 수 있다는 사실을 드러내는 지점이다.

2005년에는 국내를 넘어 국제표준으로 인정된 픽토그램도 여럿 생겼다. '관계자 외 출입금지'는 독일과, '사용 후 전원차단', '머리

위 주의', '인화물질 경고'는 일본과 막판까지 경합을 벌인 끝에 국제표준으로 최종 결정됐다. 또한 안전 표지판 등에 쓰이는 사람 얼굴 도안도 국제표준으로 뽑혀, 그간 사용됐던 독일 디자인의 코카서스계 서양인 얼굴을 아시아계 얼굴로 대체했다.

가독성, 명시성, 환기성, 변별성, 무엇보다 언어와 종교, 인종, 문화를 초월한 평등한 소통 능력으로 인해 픽토그램은 다양한 분야에서 응용되었다. 기업들은 자사의 정체성을 소비자들에게 효과적으로 전달하려는 목적으로 픽토그램을 이용하는 것은 물론이고, 경쟁사와의 관계와 사적인 바람을 표현하는 데 활용했다. 예컨대 스포츠용품 전문 브랜드 '푸마'는 '아디다스'의 삼선 로고를 허들처럼 뛰어넘는 푸마 이미지의 픽토그램을 통해 경쟁사를 뛰어넘을 수 있다는 자신감과 소망을 전했다. 여행업계는 와이파이, 카메라, 여권, 공항, 숙소, 택시, 전화, 안내소, 환전 등을 의미하는 픽토그램이 새겨진 손목 밴드, 여권 지갑, 에코백, 티셔츠 등을 제작·판매하는 등 발 빠르게 움직였고, 네티즌들은 '트립 티셔츠Trip T-shirt'로 각국 사람들과 무언의 소통을 하는 모습을 SNS에 올렸다. 약학계는 '약을 쪼개 먹지 마시오', '알코올 섭취 금지' 등 자주 언급되는 복약 정보를 픽토그램 109종으로 정리해 다문화시대에 실용적으로 대처했다. 그러는 동안 중국의 예술가 쉬빙은 '기하학적 에스페란토'로서 픽토그램의 용례를 가장 멀리까지 밀고 나아갔다. 7년간 전 세계를 돌며 픽토그램, 아이콘, 이모티콘, 로고, 그림문자, 그래픽 심벌 2500여 개를 수집한 쉬빙은, 2015년 글자 대신 오직 이 보편적인 기호들만으로 목차를 짜고 본문을 구성한 소설 『지서地書: 점에서 점으로』를 펴냄으로써 언어와 문자를 경유한 커뮤니케이션 방식의 (불)완전성을 새삼 의문에 부쳤다.

Int

LEFT BAGGAGES

AIRLINE PASSENGER
SERVICES CENTER 6 FL

CHRONOS **03**

말의 기술

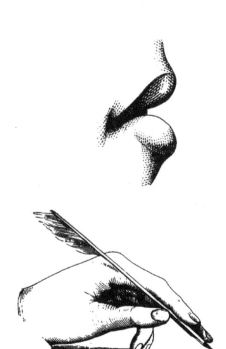

내가 옳소

왜냐하면
당신이 틀렸기 때문이오

만물은 변하고
움직인다

무슨 헛소리!

만물은 변하지 않고
움직이지도 않는다는 걸
내가 증명해보겠소

움직이는 거북이와
움직이는 사람이 있소

둘이 달리기를 한다면
누가 이길 것 같소?

사람이 더 빠르니
거북이를 조금 앞에서 출발시키겠소

거북이를 따라잡으려면
일단 거북이가 있는 곳까지 움직여야 하오

사람이 도착하는 사이
거북이도 움직이오

사람이 또 따라가오
하지만 거북이를 따라잡진 못하오
거북이도 움직였기 때문이지

둘의 차이는 점점 좁혀지겠지만
영원히 좁혀지기만 할 뿐
결국 사람은 거북이를 이길 수 없소

내 논리가 이상하오?

그렇다면
어디가 어떻게 틀렸는지 증명해보시오

증명할 수 없다면
당신들이 틀린 것이오

만물은 정지해 있다고 주장하기 위해
아무리 빠른 사람도
이길 수 없는 거북이와
영원히 과녁에 닿을 수 없는
화살을 등장시킨

철학자 '제논' Zēnōn, B.C.495년경~B.C.430년경

버젓이 눈앞에 있는
움직이는 세계

이것을 보시오!

이에 대한 제논의 간단한 답변

착각이오
눈의 착각이오

'착각'이라는 말로
사람들의 입을 막아버린다

어떤 상대든 굴복시키는 제논의 기술은
정치가와 정치 지망생들 사이에서
크게 유행하기 시작한다

기술의 핵심

세상 만물이 움직인다고 칩시다!
당신의 주장이 옳다고 칩시다!

상대의 주장에서
'허점'을 찾아낸다

허점을 논리로 반박하지 못하거나
할 말을 잃는 순간
상대의 주장은 틀린 것이 되고
저절로 나의 주장은 옳은 것이 된다

단 한 번도
자신의 주장을
직접 증명한 적 없는 제논

그의 주장이 반박되는 데 걸린 시간
약 2000년

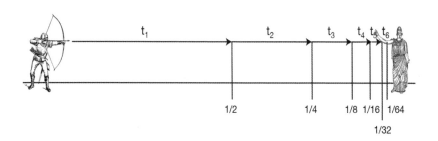

수학과 과학의 힘으로 마침내
거북이를 이기는 사람
과녁에 닿는 화살

그러나

자신의 주장이 깨진 것을
알지 못하는 제논

'역설의 왕'이라 불린 제논은
그에게 분노한 한 폭군에 의해
사형당했다고 전해진다

엘레아학파Eleatic School는 기원전 5세기경 이 탈리아 남부 티레니아 해안지대에 세워진 고대 식민도시, 엘레아에서 발생했다. 크세노파네스에서 시작되어 파르메니데스에서 형태를 갖춘 엘레아철학은 일원론적 세계관을 특징으로 한다.

동서를 막론하고 고대철학이 중요하게 탐구했던 주제는 '변화'였다. 자연을 이해하고, 그 속에서 존재의 근원을 탐색하던 인간은 해답을 얻는 과정에서 법, 종교, 신화, 철학을 발전시켰으며, 종합적 사고 끝에 '모든 것은 변한다'는 진리를 얻었다. 심지어 고대 그리스 사상가 헤라클레이토스는 "모든 것은 변하며, 변하지 않는 것은 '모든 것은 변한다'는 사실뿐이다"라고 주장했다.

언뜻 간단하고 자명한 듯 보이는 이 명제는 실상 '변화하는 주체의 동질성과 상이성'이라는 복잡한 전제를 필요로 했다. 예컨대 오랜만에 만난 친구에게 "많이 변했다"라고 말하려면, 지난 세월 속에서 친구는 무언가 달라진 한편, 변함없이 '그 자신'이라는 동질성을 지녀야 한다. 파르메니데스는 변화라는 개념 속에 포함된 이 같은 이중성을 포착했고, 문제를 숙고한 끝에 "존재하는 것은 생성

되지도 소멸되지도 않으며, 나누어질 수 있는 것도 아니고, 더 많이 있지도 않고, 더 적게 있지도 않은 하나의 연속적인 전체"라는 결론을 내린다. 이것이 바로 '파르메니데스의 일자 一者'다.

세상이 참되고 진실한 하나의 실재로만 가득 차 있다면, 비어 있는 공간은 존재할 수 없다. 따라서 어떤 곳에서 비어 있는 다른 곳으로 물질이 이동하는 '운동'은 사실상 불가능하다. 만물의 움직임과 다양성은 인간의 감각이 만들어낸 착각에 불과한 것이다. 형이상학적 고민 끝에 얻은 엘레아학파의 파격적인 견해다.

모순 속에 함축된 진리

진리 세계와 감각 세계의 간극을 설정한 파르메니데스의 이론이 수많은 반박과 논쟁을 낳자, 그의 제자 제논은 귀류법歸謬法을 이용해 스승을 옹호했다. 귀류법은 어떤 명제가 참임을 증명하려 할 때, 그 명제의 결론을 부정하여 가정 또는 공리의 모순을 드러냄으로써 그 결론이 성립한다는 것을 간접적으로 증명하는 방법이다. 주로 자연과학이나 수학에서 애호하는 논증법으로, 배리법背理法이라고도 한다. 제논은 파르메니데스의 타당성을 증명하는 대신, 역설을 이용했다. 즉 파르메니데스의 주장을 비판하는 견해가 참이라고 가정할 때 생기는 모순을 드러내는 데 주력한 것이다. 이른바 '제논의 역설'이다.

• 아킬레우스와 거북이의 역설: 운동이 실재한다면, 아킬레우스는 경주에서 영원히 거북이를 따라잡을 수 없다. 만약 거북이가 A만큼 앞서 출발한다면 아킬레우스가 A만큼 갔을 때 거북이는 다시 B만큼 더 가고, 아킬레우스가 B만큼 갔을 때 거북이는 다시 C만큼 더 가 있을 것이다.

• 화살의 역설: 운동이 실재한다면, 물체는 한 지점에서 다른 지점으로 이동해야 한다. 그러나 날아가는 화살을 찰나의 순간에 보면, 각각 특정한 지점에 멈춰 있을 뿐이다. 움직이는 듯 보이는 화살은 사실 정지해 있는 것이다.

• 이분법의 역설: 물체가 한 지점에서 다른 지점으로 이동한다면, 물체는 중간 지점을 반드시 통과해야 한다. 이는 물체가 도착점을 향해 절반을 가고, 다시 남은 거리의 절반을 가고, 또다시 남은 거리의 절반을 가는 현상이 무한히 계속되어야 하는 일이기에, 유한한 시간 동안 물체는 목표점에 도달할 수 없다.

'제논의 역설'은 플라톤, 아리스토텔레스 등 후대 철학자들의 저작으로 이어져 내려오며 논리학에 근거한 형이상학의 기반이 되었으며, 수학과 물리학에 영감을 주었고, 철학적 문제의식으로 발전하기도 했다. 이를테면, 프랑스 철학자 앙리 베르그송은 제논의 역설에 내포되어 있는 '시간의 공간화'를 문제 삼으면서 '지속'이라는 개념을 이끌어냈다.

아킬레우스와 거북이는 현실 속에서 운동·변화하고 있고, 그것들이 이루어지는 시간은 연속적인 흐름이다. 그런데 이를 공간처럼 자르고 붙이면서 논증하는 것 자체가 시간을 왜곡하는 것이다. 시간은 정지된 공간 위에 표상할 수 없고, 불연속적으로 분할할 수도 없으며, 오려 붙이는 등의 조작을 허락하지 않는다. 시간은 절대 연속하고 그 어디에서도 끊어지지 않는 흐름이며 절대적인 생성이다. 베르그송은 이를 '지속'으로 개념화하고 시간의 양적인 변화뿐만 아니라 질적인 변화까지도 함께 고찰했다.

세계에 대한 인간의 의식이 발달할수록 제논의 입지는 좁아지는 듯 보였다. 아이작 뉴턴이 연속적인 운동을 수학적으로 표상한 미분을 고안하면서 '제논의 역설'은 고대인의 재미없고, 쓸모없고, 아둔한 말장난으로 치부되었다. 역설의 바탕에 깔린 무한의 개념은 고대 그리스인에게는 역설적이었을지 몰라도, 계몽된 근대인에게는 전혀 역설적으로 다가오지 않는다는 평가도 있었다. 그러나 역설paradox은 모순을 일으키지만 그 속에 중요한 진리가 함축되어 있는 것으로 간주되는 논증을 일컫는 바, 제논과 엘레아학파의 주장에 담긴 애초의 진리, 즉 세계와 인식은 일치하지 않고, 언어와 세계는 본디 어긋나 있으며, 이 근원적인 꼬임은 무한히 지속될 거라는 역설은 아직, 유효하다.

가이드라인

그들을
클로즈업하지 마라

인터뷰하지 마라

그리고
이름을 알리지 마라

특정한 시점에
특정한 지역에서 발생하여
그 지역 사회 전체
혹은 일부분이
심각한 인명 피해와
정신적 물질적 피해를 당해
그 사회의 정상적 기능을
일시적으로 마비시키는 사건

재난

"전쟁이나 9·11 사태 등을 제외하고는
사람들은 뉴스를 찾지 않는다."

— 허버트 갠스, 미디어 사회학자

누가 더 빨리
시청자를 사로잡을 것인가

그러나

"사고나 재난 시 언론은
희생자와 위험에 처한 사람들을 구하는 조치를
정보 제공보다 우선시해야 한다."

— 독일 언론윤리강령

공포에 질린 피해자의 목소리 대신
피해자에게 가장 필요한 것을 말해주고

온종일 처참한 재난 현장을 보여주는 대신
구조에 필요한 인력과 장비
시시각각 변하는 구조 상황을 빠짐없이 전하며

희생자와 위험에 처한 사람들을 구하는
제2의 구조자
뉴스

"2011년 동일본 지진으로 1만 8000명이 넘는
사람들이 사망하고 실종됐다. 지금도 늘
더 많은 사람을 구할 수 있지 않았을까 생각한다.
그래서 우리의 재난 보도로 예상 피해자를
5분의 1 수준으로 줄이겠다는 목표를 세웠다."
— 나카타 야스키, NHK 보도국 재해기상센터장

그리고

재난 현장에 선 기자들이
지켜야 하는 의무

가이드라인

'힘내십시오'
라는 말을 하고 취재를 시작할 것
— 일본 NHK

피해자에게 직접 인터뷰를
요청하지 말 것
— 영국 BBC

언제나 멀리 떨어져서 촬영할 것

그리고 말투를 신경 쓸 것

"보도의 어조는 그 신뢰성만큼 중요하다.
누군가에게 상처가 될 수 있는 이야기를
다룰 때는 매우 신중해야 한다."
— BBC 제작 가이드라인

매우 신중한
그들의 뉴스에 '없는' 것

'희생자'의 이름

"BBC는 보도에서 희생자의 이름이 공개되지 않을 때
사건에 연관될 가능성이 있는 사람들이
불필요한 걱정을 할 수 있다는 것을 잘 알고 있다.
그럼에도 이름을 공개하지 않는 이유는
방송으로 사태를 알게 된 가족이 받을
고통과 충격이 훨씬 크다고 판단되기 때문이다."

— BBC 제작 가이드라인

2014년 4월 16일 탑승객 476명을 태우고 인천에서 제주로 향하던 청해진해운 소속 여객선 '세월호'가 진도 인근 해상에서 전복됐다. 다음날 해경은 긴급 브리핑을 통해 '무리한 항로 변경'을 원인으로 설명했으나, 거대 여객선이 그토록 쉽고 빠르게 뒤집혀 가라앉은 이유라고 하기에는 여러모로 석연치 않은 점이 많았다. 이에 전문가들은 세월호처럼 화물을 적재한 트럭이나 트레일러 등을 수송하는 '로로선roll-on roll-off vessel'의 선천적 구조 결함설, 청해진해운이 세월호를 개·보수하면서 무게중심과 균형에 문제가 생겼다는 설을 비롯해 암초충돌설, 내부폭발설, 과적설 등 여러 가설을 제기했으나 아직 명확히 규명된 사실은 없다. 세월호는 1994년 일본에서 건조돼 18년간 운항하다, 폐선 2년을 앞둔 2012년 청해진해운이 구입해 개·보수한 선박이다. 2009년 정부가 20년이던 여객선 운용 시한을 기업의 비용 절감을 위해 30년으로 늘리면서 가능해진 일이었다.

4월 16일 오전 8시 58분 세월호는 전라남도 진도군 조도면 병풍도 북쪽 20킬로미터 인근에서 이상을 감지하고 최초로 조난신호

를 보냈다. 하지만 사고 수역 관할인 진도 연안해상교통관제센터 Coastal Vessel Traffic Service Center, VTS가 아닌 제주 VTS에 신고하면서 구조의 골든타임을 허비했다. 비상시 상황을 총지휘하고 승객들을 구조할 의무와 책임이 있는 선장과 일부 승조원들은 '객실에서 기다리라'는 안내 방송만을 남기고 가장 먼저 배를 빠져나왔다. 신고를 받고 약 한 시간 만에 출동한 해양경찰은 여객선 안에 300명 이상 승객이 남아 있는데도 배 밖으로 탈출한 사람들만 구조했을 뿐 선내로 진입하지 않았다.

한편 해양수산부는 사건 발생 후 한 시간 만에 중앙사고수습본부를 꾸렸다가, 이내 안전행정부(현 행정안전부)의 중앙재난안전대책본부(이하 중대본)로 범부처 총괄업무를 이관했다. 하지만 중대본은 상황을 보고받고 수집한 정보를 발표하는 것 이상의 역할은 없었고, 그조차도 제대로 수행하지 못해 언론 보도와 수색에 혼선을 부추겼다. 그사이 해양수산부, 교육부, 해양경찰청 등 각 부처들이 저마다 사고대책본부를 운영하면서 현장은 아수라장이 되었다. 이에 정부는 정홍원 국무총리를 본부장으로 하는 범정부사고대책본부를 세우고 사건을 총지휘하겠다고 발표했으나 하루 만에 철회, 결국 원점으로 돌아와 해양수산부 장관에게 역할을 일임했다.

어떠한 가이드라인도 지켜지지 않는 총체적 무능과 혼란 속에서 촌각을 다퉈야 할 탑승자 구조 및 실종자 수색은 차일피일 미뤄졌다. 사고 발생 여덟 시간 만에 잠수부 십수 명이 세 차례에 걸쳐 투입되었다. 선체를 부양할 리프트백은 사고 발생 사흘째, 야간 구조작업을 위한 오징어잡이 어선은 나흘째, 잠수부들의 이동을 돕는 대형 바지선은 닷새째에야 동원되었다. 이 더딘 행보에 일각에서는, 해경이 협력관계에 있는 민간 구난업체 '언딘'에 '실적'을 몰아주려고 일부러 구조작업을 지연한 게 아니냐는 음모론을 제기하기도 했다.

2014년 4월 18일 세월호는 완전히 침몰했다. 탑승객 476명 중 구조된 자는 172명. 가라앉은 자 304명 가운데 250명은 제주도로 수학여행을 떠났던 경기도 안산시 단원고등학교 2학년 학생들이었다.

'기레기' 비긴즈

"진짜 눈물은 두렵다.
사실 나에게 그 눈물을 찍을 권리가 있는지조차도 모르겠다."

— 크쉬시토프 키에슬로프스키, 폴란드 영화감독

사고 직후 국가재난 주관방송사인 KBS를 비롯한 언론들은 실시간 특보를 내보냈다. 그러나 아무 검증작업 없이 정부 브리핑을 일

방적으로 보도하면서, 매시간 사상 최악의 오보를 경신했다. 시간
대별 주요 오보는 다음과 같다.

10:00~11:00

471명 탑승한 '세월호' 침수 중

해경, 해군 구조활동 중

구조자 160여 명

현 상황으로는 인명 피해가 거의 없는 듯

11:00~12:00

단원고 학생 전원 구조

구조자 179명

12:00~14:00

사망자 2명, 단원고 학생 1명 사망

구조자 368명

14:00~17:00

수심 얕은 곳 수색 시작

실종자 293명

정보가 계속 오락가락했음에도 언론들은 의심 없이 받아쓰기식
중계를 계속했다. 실종자 수가 점점 늘어감에도 사태를 낙관하는
정부 발표를 그대로 반복했고, 현장을 보지도 않고 "잠수부 500여
명, 헬기 30여 대, 함정 170여 척이 총동원된 사상 최대의 구조계
획"이라고 보도했다. 이 치명적인 오보들을 사과한 방송사는 SBS
가 유일했다.

특종을 겨냥한 무분별한 취재도 문제였다. 병실에 누운 생환자
에게 카메라를 들이밀고, 여섯 살 아이에게 부모의 행방을 물었으
며(4월 16일, iSBS), 이제 막 구조된 학생에게 생방송 인터뷰 도중 친

구의 죽음을 전했다(4월 16일, JTBC). 공영방송으로서 KBS와 MBC 등은 재난이 발생하면 추후 위험을 알리고 예방하는 준방재기관의 역할을 해야 하는데도 온종일 특집방송을 편성해 속보 경쟁을 벌이는 한편, 탑승자 한 명당 보험금이 얼마라느니(4월 17일, MBC), 선내 엉켜 있는 시신을 다수 확인했다느니 하는 선정 보도를 일삼았다(4월 18일, KBS). MBN의 경우 "해경이 민간 잠수부의 구조를 막고 있다. 세월호 안 생존자와 대화를 시도한 잠수부가 있다"는 가짜 민간 잠수부의 거짓말을 거르지 않고 송출해(4월 18일) 보도국장이 직접 사과 방송을 해야 했다. '기자'와 '쓰레기'를 결합한 조어 '기레기'는 이렇게 탄생했다.

이에 한국기자협회는 2014년 4월 20일 '세월호 참사 보도 가이드라인'을 발표, 타인의 고통을 마주하면서 최소한의 보도윤리조

차 외면하는 언론의 행태에 제동을 걸었다. 구체적인 지침은 다음과 같았다. ▲신속함에 앞서 정확해야 한다. ▲통계나 명단 등은 재난구조기관의 공식 발표에 의거해 보도한다. ▲현장 취재와 인터뷰는 신중해야 하며, 유가족과 실종자 가족의 입장을 충분히 배려해 보도한다. ▲생존 학생이나 아동에 대한 취재는 엄격히 제한되어야 한다. ▲오보가 드러나면 신속히 정정보도하고 사과해야 한다. ▲자극적 영상이나 무분별한 사진, 선정적 어휘 사용을 자제해야 한다. ▲철저한 검증보도를 통해 유언비어의 발생과 확산을 방지한다. ▲영상 취재는 구조활동을 방해하지 않도록 해야 하며, 근접 취재 장면의 보도는 가급적 삼간다. ▲기자는 개인적인 감정이 반영된 즉흥적인 보도나 논평을 자제해야 한다. ▲유가족과 실종자 가족, 국민들에게 희망과 위로의 메시지를 전달하도록 노력한다.

같은 해 6월 방송기자연합회도 '재난보도 분과위원회'를 구성한 뒤, 반년 동안 세월호 보도 참사를 분석하고 그에 대한 반성과 개선안을 담은 보고서 「세월호 보도… 저널리즘의 침몰」을 내놓았다. 2017년 4월 공개한 재난보도 취재 가이드라인 교육용 동영상 '저널리즘과 트라우마'는 이 보고서의 연장선에 놓인 것이다. 2014년 9월에는 한국기자협회, 한국방송협회, 한국신문협회, 한국신문방송편집인협회, 한국신문윤리위원회 등 다섯 개 언론단체가 공동으로 '재난보도준칙'을 마련했다.

그러나 인제대 신문방송학과 교수 김창룡은 '세월호' 참사로 인한 '한국 언론의 참사'가 가이드라인의 부재와는 무관하다고 말한다. 재난보도 지침이라면 국가인권위원회와 한국기자협회가 만든 '인권보도준칙'과 KBS 자체 준칙이 이미 존재했다. 사태의 본질은 지침을 따르지 않아도 별다른 제재를 가하지 않는 현행 제도에 있다. 미국만 보더라도 윤리강령 등 준칙을 어기는 기자는 해고할 수 있고, 오보를 낸 언론사에는 문을 닫을 만큼의 민사상 손해배상 청구가 가능하도록 강력한 법안을 마련해놓았다. 반면 "우리나라는 그런 규제는 있지만 사실상 유명무실"한데다, 최근 인터넷 매체와 기자가 기하급수로 늘고 그로 인해 경쟁이 더욱 치열해지면서 더이상 자정을 기대할 수 없을 만큼 언론 질서가 흐트러진 상황이다. 2017년 현재 문화체육관광부가 발표한 인터넷신문 등록건수는 6084개에 달한다.

2015년 4월 13일 방송기자연합회는 '세월호' 사건 1주기를 맞아 토론회를 열었다. '재난보도준칙' 제정 이후 언론의 변화를 짚어보고자 마련한 이 자리는 "속보지상주의가 낳은 오보, 홍보성 발표를 옮김으로써 발생하는 사태인식의 왜곡, 시청률지상주의에 홀린 비인권적 취재행위, 권력의 비호를 받기 위한 물타기와 프레임 전환 등의 문제들이 여전히 망령처럼 한국 언론 지평을 둥둥 떠다니고 있음"을 재확인하며 마무리되었다.

이집트 카이로 14.18초
대만 타이베이 14초
영국 런던 12.7초
미국 뉴욕 12초
아일랜드 더블린 11.3초
덴마크 코펜하겐 10.82초

1994년 평균 13.76초
2007년 평균 12.49초

'보도 18미터를 걷는 데 걸리는 시간'

"우리는 10년 전에 비해
10퍼센트 빨리 움직이고 있다."

— 리처드 와이즈먼, 심리학자

13세기 말 프랑스
교회 예배 시간을 알리기 위해
마을의 가장 높은 탑에 설치된

'시계'

"공중시계는 온종일 매시간 종을 쳤고…
이제 시간은 끊임없이 새어나가는 것처럼 느껴지는
가치 있는 어떤 것으로 간주되었다."

하지만
마을마다 다르게 흘러가는 시간
혼란을 막기 위해 내려진
샤를 5세의 포고령

"파리의 궁전시계를 기준으로
모든 마을의 시간을 통일하라."

시계에 맞춰 생활하는 사람들

17세기
진자시계 등장

정밀한 시간 측정이 가능해지자
수천 년 동안 거의 쓸모가 없었던
60진법 시간 개념 부활

라틴어 'pars minuta parima'
첫번째로 나누어진 작은 부분

분 'minute'

라틴어 'pars minuta secunda'
두번째로 나누어진 작은 부분

초 'second'

시계에 맞춰 돌아가는 기계
기계에 맞춰 돌아가는 노동

산업혁명 당시
오전 7시에서 오후 10시까지를
노동시간으로 공표한 공장들

1880년대
출퇴근을 체크하는
시간 기록 시스템 개발

임금으로 환산되는 시간

20세기 초
미국 체계 공정협회

효율성의 극대화를 위해
모든 동작의 표준 시간 제시

서류를 찾지 않고 서류함을 여닫는 데 0.04초
책상 가운데 서랍을 여는 데 0.026초
가운데 서랍을 닫는 데 0.027초

'인간은 시계에 의해 새롭게 정의되고
객체화, 수량화되어야만 했다.
무엇보다 그들의 삶은
시계의 지배에 복종해야만 했다.'

— 제레미 리프킨, 경제학자

시간은 '빅뱅'에 기원하는 우주 탄생기부터 존재했고, 그리스인은 이 추상적인 개념을 신화로 승화했다. 그리스어로 '시간'을 뜻하는 '크로노스chronos'는 우라노스(하늘)와 가이아(땅) 사이에서 태어난 거인족 티탄이다. 우라노스가 흉측하게 태어난 자식들을 줄줄이 지하에 유폐하자, 가이아는 그에 대한 복수를 막내아들 크로노스에게 맡긴다. 크로노스는 아버지를 거세하고 신들의 왕이 되지만, 자식에게 왕위를 빼앗길 것이라는 저주를 받는다. 저주를 피하고자 크로노스는 아내 레아와의 사이에서 태어난 자식들을 모두 잡아먹는다. 겁에 질린 레아는 몰래 도망쳐 제우스를 낳고, 장성한 제우스는 힘겨운 싸움 끝에 왕위를 찬탈한다. 아버지를 베고, 자식을 먹어치운 크노로스의 잔혹한 이야기는 루벤스, 고야 등 수많은 화가에게 영감을 주었다. 시인 오비디우스는 이를 "사물을 남김없이 집어삼키는 시간의 속성"으로 해석했다.

고대인들에게 시간은 천체의 순환 운동에서 발견되는 리듬이었다. 태양과 지구의 운동 주기를 기준으로 만든 태양력은 순환적이고 반복적인 시간 개념을 내재했다. 이에 반해 '최후의 심판'을 설

정한 기독교는 천체 운동과 무관하게 종말로 달려가는 직선적인 시간관을 갖고 있었다. 서로 다른 세계관만큼이나 시간은 다르게 흘렀고, 따라서 계산법도 달랐다. 고대 그리스는 10일을 주기로 일주일을 정했다. 기독교는 천지창조 신화에서 짐작되듯이 7일을 주단위로 삼았다. 다양한 시간관은 중세 기독교에 의해 통일되었고, 비균질적으로 흐르던 시간은 13세기 시계가 발명되면서 숫자판 사이의 거리로 측정하는 동질적인 것이 되었다.

"시간은 가변하는 사회적 제도다"

18세기 유럽에 시계가 대중화된 것은 정치·사회적 필요 때문이었다. 산업혁명은 이전과 전혀 다른 노동을 사람들에게 요구했고, 자본가들은 노동 가치와 임금을 계산하는 데 시계를 이용했다. 객관적이라고 생각하기 쉬운 시간은 사실 몹시 주관적인 것이어서 지루할 때는 한없이 더디다가도 즐거운 경험 앞에서는 순식간에 흐른다. 그러나 근대 산업사회는 주관적이고 심리적인 시간이 아니라 누구에게나 동일하게 적용할 수 있는 객관화된 시간을 필요로 했다. 이에 따라 시간을 공간적으로 나타내기 위한 정밀한 측정기구로서 시계가 보급되었고, 근대적 시간은 모든 가치를 가늠하는 기준으로 자리잡았다. "시간은 돈이다"라는 금언은 결코 단순한 수사가 아니었다. 미국의 문명비평가 루이스 멈퍼드의 지적대로, 근대의 핵심 기계는 증기기관이 아니라 시계였다.

직선화, 계량화, 공간화된 시간은 진화와 진보에 대한 사회적 신념을 선두지휘했다. 시간이 반복적이고 순환적인 것이라면 진보는 한낱 환상에 불과했다. '더 나은 미래'에 대한 기대는 노동자의 '지금', 즉 현재의 시간과 노동을 착취했다. 찰리 채플린은 영화 〈모던 타임스〉에서 기계로 빨려 들어가 그 일부가 되는 떠돌이 찰리의 모습으로 이를 비판했다.

시간 = 거리/속도

물리학적 공식에 따르면 시간은 속도와 거리에 좌우된다. 속도를 높일수록 거리는 줄고 시간은 단축된다. 근대의 시간은 철도가 발명되면서 과거 어느 때보다 빨라졌다. 그러면서 지역마다 들쭉날쭉한 시간을 표준화해야 한다는 목소리가 불거졌는데, 철도와 함께 시공간이 급격히 압축되자 이전까지 전혀 무관한 시공간에 살던 사람들이 동시에 존재하게 되었기 때문이었다. 이제 승객들은 오전 8시 리버풀을 출발한 기차가 언제 런던에 도착하는지 알아야만 했다. 문제를 해결하기 위해 1884년 10월 1일 미국 워싱턴에서 세계표준시 채택을 위한 국제회의가 열렸다. 치열한 논의 끝에 영국 그리니치천문대를 기준자오선으로 하는 세계표준시가 결정되었고, 산업혁명의 발원지 영국이 세계 최초로 표준시를 채택했다. 이로써 해가 뜨면 일어나고 해가 지면 잠자리에 드는 '비근대적인 삶'은 사라졌다. 사람들은 이제 시계라는 규율에 맞춰 획일적으로 살아가도록 강요받았다.

"시간은 사회적 발전 상태에 따라 가변하는 사회적 제도다. 자라면서 개인은 그가 속한 사회의 공통된 시간 신호와, 그에 따라 자신의 행동을 통제하는 법을 배운다." 독일의 사회학자 노르베르트 엘리아스의 통찰이다.

혁명군이 시계탑을 정지시킨 이유

시간이 법이고, 제도이고, 재화이고, 이념인 만큼 이를 둘러싼 주도권 전쟁은 치열했다. 일설에 따르면, 프랑스혁명 당시 시민군은 가장 먼저 시계탑을 쏘아 시계를 정지시켰다.

왕정을 무너트린 프랑스 혁명세력은 1793년 그레고리력을 폐지하고 새로이 혁명력을 채택했다. 혁명력은 여러모로 그레고리력과 달랐다. 우선, 각 달의 날수를 똑같이 하는 것으로 혁명정신인 '평등'을 구현했다. 모든 단위를 십진법에 맞춘다는 혁명정부의 이상에 따라 시간 역시 십진화했는데, 일 년은 12개월, 한 달은 30일, 1순일은 10일이며, 하루는 10시간, 한 시간은 100분, 일 분은 100초로 정했다.

새해 첫날은 왕정 폐지 다음날(그레고리력 9월 22일)로 삼았다. 달마다 방데미에르(그레고리력 9월 22일~10월 22일), 브뤼메르, 프리메르, 니보즈, 플뤼비오즈, 방토즈, 제르미날, 플로레알, 프레리알, 메시도르, 테르미도르, 프뤽티도르 등 새롭게 이름을 붙였다. '테르미도르 반동', '브뤼메르 쿠데타', 에밀 졸라의 소설 제목 『제르미날』은 모두 여기에서 유래한다. 혁명력은 12년간 사용되다가 1805년 나폴레옹 1세의 제정과 함께 폐기되었다. 이후 1871년 파리코뮌과 함께 잠시 부활하지만 코뮌이 무너지면서 끝내 사장된다.

청일전쟁에서 승리하고도 조선에 대해 정치적 우위를 점하지 못한 일본은 1895년 음력 8월 20일 명성황후를 시해하며 을미사변을 일으켰다. 이후 고종의 명을 받아 김홍집 등 친일세력을 중심으로 내각을 구성하고, 개혁을 통해 일본의 제도를 조선에 이식하려 했다. 서구식 달력은 그중 하나로, 김홍집 내각은 음력 11월 17일 태양력인 그레고리력을 도입하고 이날을 새해 첫날로 공인했다. 그에 따라 '1월 초아흐레'처럼 10일 단위로 계산되던 날들이 7일을 주

단위로 삼는 것으로 바뀌었다. 각 날에는 그에 상응하는 요일이 붙었다. 이때부터 조선은 건양建陽이라는 연호를 쓰게 되는데, '새로 양력을 세웠다'는 뜻이다.

태양력이 들어오자 달의 운행에 기준한 태음력을 사용했던 조선은 여러 제도와 풍습에 큰 혼란을 겪었다. '구정舊正'은 그때의 혼란이 남긴 흔적이다. 음력설을 지칭하는 구정은 일제강점기 '새로운 새해'라는 뜻의 신정과 대비하여 '사라져야 할 옛 새해'라는 뜻으로 폄하되어 사용되던 말로, 해방 이후에도 사회 전반에 걸쳐 광범위하게 통용되었다. 구정은 1986년 '민속의 날'로 이름을 바꾸었다가 1989년 '설날'로 명칭을 확정했다.

◉ BOOK + ···

『근대적 시·공간의 탄생』 이진경 저, 그린비, 2010

태초부터 그래 왔고, 영원히 변하지 않는 것이라고 믿었던 시간과 공간의 개념이 어떤 역사적 과정을 거쳐 오늘날까지 다다랐는지, 그로 인해 우리의 삶이 어떻게 바뀌었는지를 발랄하게 설명한다. 1997년 초판 발행된 책을 개정·증보했는데, 이전 글에 근대를 넘어선 인간의 조건에 대해 말하는 「'인간'을 넘어선 인간, 근대를 넘어선 인간의 조건에 관하여」를 추가했다.

『그림으로 보는 시간의 역사』 스티븐 호킹 저, 김동광 역, 까치글방, 1998

우주와 시간의 역사, 우주 본질의 이론을 담은 고전 과학서다. 고전물리학과 현대물리학을 가르는 기준점이 된 아인슈타인의 특수상대성이론과 일반상대성이론을 비롯하여 양자론, 소립자 물리학, 블랙홀, 초끈이론까지, 현대과학의 중요한 이론을 12장에 나누어 설명하고 있다. 초판 발행 이후 새로운 발견, 새로운 가설, 새로운 학설 들이 보강되었지만 이 책의 흥미롭고, 유쾌하고, 경이로운 매력을 반감시키지 못한다.

십오엔 오십전

1923년 일본 간토대지진으로
조선인 6000여 명이 학살당한다

어느 쪽을 바라보아도
도쿄의 거리에는 언제 사라질지 모를
불바다가 있어

이 불이 꺼지지 않는 중에
벌써 유언비어가 시중에
문란하게 떠다녔다

'삼사백 정도의 센징이 모여
뭔가 불온한 기세를 올리고 있다!'

'센징이 집집마다 우물에 독약을 던져놓고 있으니
먹는 물에 주의하라!'

이런 소문들은 아주 그럴싸하게
사람과 사람에게 전해지고 있었다

"이봐, 거기 서!"

검을 꽂은 총을 어깨에 멘 총사

"네놈, 센징이지?"

나는
아니요, 일본인입니다, 일본인입니다
필사적으로 변명했다

거리를 꽉 채운 기병집단의 행진
그 살벌했던 분위기에
살기를 더한 것은

경찰 게시판에 붙은 종이 한 장

'폭도가 있어 방화 약탈을 범하고 있으니
시민들은 당국에 협조해 이것을 진압하도록 힘쓰라.'

나는 이때 처음 확인했다
어디선가 시작되어 뿌려진 유언비어의 시작이 어디인지를

구경꾼에 둘러싸여
자기가 흘린 핏물 웅덩이에 쓰러져 있는
조선인 노동자 같은 남자를
이 눈으로 보았다

그것은 거기뿐만 아니라
가는 곳마다 행해진 테러였다

9월 5일 아침 열차 안

검을 꽂은 총을 멘 병사가
한 남자를 가리키며 소리쳤다

"십오엔 오십전이라고 해봐!"

"주고엔 고짓센."

"좋아!"

주고엔 고짓센
주고엔 고짓센

아아, 그 남자가 조선인이었다면
그래서 "주고엔 고짓센"을
"추고엔 코치센"이라고 발음했더라면
그는 그곳에서 곧 끌어내려졌을 것이다

나라를 빼앗기고
말을 빼앗기고
마침내는 생명까지 빼앗긴
조선의 희생자여

이제 흙이 되어버렸을까

가령 흙이 되었더라도
아직 사라지지 않은 증오에
욱신거리고 있을지도 모르지

무참히 살해된 조선의 친구들이여

그대들 자신의 입으로
그대들 자신이 살아 있는 몸으로
겪은 잔학함을 이야기할 수 없다면
대신 말할 수 있는 자가 말하게 하오

강제로 강요되었던
일본어 대신에

부모로부터 받은
순수한 조선어로

1923년 9월 1일 오전 11시 58분, 도쿄를 중심으로 한 간토 지역에 진도 8에 가까운 초강력 지진이 발생했다. 마침 집집마다 불을 피워 점심을 준비하던 때라 지진은 곧바로 대화재로 이어져 간토 지역 일대를 궤멸했다. 사망자 10만~4만 2천여 명, 실종자 3만 7천여 명, 이재민 300만 명 이상에 달하는 사상 초유의 재난이었다. 당시 일본은 안팎으로 어려움에 처해 있었는데, 식민지 조선과 대만에서는 독립을 향한 대규모 저항운동이 일어났다. 본토에서는 '다이쇼 데모크라시'로 인해 노동운동, 민권운동, 여성운동 등 지배권력에 대한 민중의 저항과 권리찾기 운동이 한창이었다. 이를 사회적 혼란, 일본제국의 위기로 판단한 일본 정부는 자연재해를 질서 회복의 기회로 삼았다. 내무성은 "재난을 틈타 이득을 취하려는 무리가 있다. 조선인들이 방화와 폭탄 테러, 강도 등을 획책하고 있으니 주의하라"는 지시를 각 경찰서에 하달했다. 지시 내용은 경찰 비상연락망을 통해 확산되었고, 몇몇 신문이 사실 확인 없이 이를 보도하면서 '조선인이 폭동을 일으킨다', '조선인이 방화를 했다', '조선인이 우물에 독을 넣었다' 등의 유언

비어를 양산했다.

불안에 사로잡힌 일본인들은 죽창, 곤봉, 일본도, 총기로 무장한 자경단을 조직해 대대적인 조선인 학살에 나섰다. 조선식 복장을 한 사람은 그 자리에서 살해되었다. 외자 성을 가진 사람도 즉결처분했다. 조선인으로 의심되는 사람은 불심검문하여 '十五円五十錢(15엔 50전)'을 말하게 했는데, 탁음이 없는 한국어 특성상 '十五円五十錢'은 조선인이 발음하기 어려운 일본말이었다. 이렇게 색출된 조선인, 중국인, 류큐인 등 외국인과 아마미제도, 도호쿠, 고신에쓰, 홋카이도 등 지방 출신 일본인 들이 죽음을 당했다. 그 틈에 사회주의자, 아나키스트, 인권운동가, 반정부행위자 등 좌파계열 요주의 인물들도 함께 척결되었다. 사건 이후 진상조사에 나선 일본 정부는 조선인의 혐의를 입증할 만한 어떤 증거도 찾지 못했다. 그러나 사실이 알려질 경우 조선에서 또다시 대규모 반란이 일어날 것을 우려하여, 조선인 사상자 수를 2~3명으로 축소 발표하고 한동안 일본 내 조선인 입국을 금지했다.

간토대지진 당시 학살된 조선인은 6661명이라는 게 지금까지의 정설이다. 그런데 2013년 8월 원광대 사학과 교수 강효숙은 "학살된 조선인 수는 기존에 알려진 것의 3.4배에 해당하는 총 2만 3058명"이라면서 1924년 3월 독일 외무성이 작성한 사료를 증거로 제시했다. 조선인이 일본인에게 참혹하게 학살됐다는 내용의 본문 여덟 장, 학살증거 첨부문서 세 장으로 구성된 서류는 ▲학살 장소와 시신이 모두 확인된 조선인 피해자 8271명 ▲장소 미확인·시신 확인 피해자 7861명 ▲장소 미확인·시신 미확인 3249명 ▲경찰에 학살된 피해자 577명 ▲일본군에 학살된 피해자 3100명으로 기록하고 있다. 강 교수는 "이 사료는 종래 학계에서 참고한 사료보다 4개월 후에 작성된 것으로, 지금까지 나온 관련 사료 중에 최종적인 조사 결과물의 성격을 띤다"고 설명했다.

역사가 알리지 않는 또 하나의 역사

제노사이드genocide는 종교, 인종, 이념 등을 이유로 특정 집단의 구성원을 대량학살하여 절멸시키려는 행위를 말한다. 라틴어로 인종을 뜻하는 'genus'와 '죽이다'라는 뜻의 'caedere'가 결합하여 만들어진 단어로, 집단학살로 번역된다.

제노사이드 개념은 1944년 법학자 라파엘 렘킨이 처음 고안했다. 고향 폴란드 비아위스토크에서 유대인이 살해되는 장면을 빈번하게 보고 자란 렘킨은, 터키의 아르메니아인 학살사건을 목격하면서 철학을 포기하고 법학에 투신한다. 그로부터 약 10여 년이 지난 1933년, 렘킨은 국제연맹이 주관한 학술회의에 참석하여 '야만의 범죄'와 '반달리즘 범죄'를 국제법상 범죄로 규정할 것을 발의

한다. '야만'은 동기가 무엇이든 민족적·종교적·사회적 집단에 대해 미리 계획된 파괴를, '반달리즘'은 집단의 특성을 담은 예술과 문화의 파괴를 뜻한다. 이때 파괴는 학살만이 아니라 집단 구성원의 경제적 기반을 해체하는 것부터 개인의 존엄을 공격하는 일까지 모든 행위를 포함한다.

이로부터 다시 10년 후, 렘킨은 쇼아shoah를 마주한다. (나치가 자행한 유대인 대학살을 일컫는 '홀로코스트'는 신에게 바치기 위해 제단에서 불태워지는 방식으로 희생되는 동물을 의미하는 그리스어 '홀로카우스톤'에서 유래한 말로 학살의 의미를 왜곡한다는 비판이 있어 왔다. 이에 최근 유럽 등지에서는 홀로코스트 대신 '쇼아'로 바꿔 부르는 추세이다. 쇼아는 히브리어로 '대재앙'이라는 뜻이다.) 나치가 정치적·사회적·문화적·생물학적·물리적·종교적·도덕적 기법을 동원해 유대인의 삶 전체를 파괴하려 했다는 사실을 알게 된 렘킨은 야만과 반달리즘의 개념을 보다 정교하게 발전시킬 필요를 절감하고, 집단 구성원에 대한 모든 종류의 폭력과 굴욕적인 행위를 함께 묶어 지칭하는 용어와 법을 만들고자 노력한다. 그 결과가 제노사이드다. 사회학자 마틴 쇼는 제노사이드를 이렇게 설명한다. "제노사이드는 항상 물리적 폭력을 포함하지만, 그것만큼이나 다른 수많은 것들을 포함한다. 제노사이드를 학살로 정의하는 것은 그 뒤에 놓여 있는 사회적 목적을 잃어버리게 하는 것이다."

제노사이드는 1945년 2차세계대전 종전 직후 나치전범을 기소하면서 공식 범죄로 인정되었고, 1948년 유엔총회에서 관련 협약을 승인했다. 그러나 세계 곳곳에서 제노사이드는 멈추지 않았다. 1970년대 말 캄보디아 혁명정부의 '킬링필드'로 약 200여만 명이, 1971년 파키스탄 군대의 벵골인 학살로 약 300여만 명이 숨졌다. 1947년 인도와 파키스탄의 이슬람교도와 힌두교도 간의 살육, 1955~1972년 북수단인의 남수단인 학살, 1965~1967년 인도네시아의 공산주의자 학살, 1971~1979년 우간다 독재자 이디 아민의 동족 학살, 1972~1973년 부룬디에서 투치족의 후투족 학살, 1994년 르완다에서 후투족의 투치족 학살 등 20세기는 제노사이드의 시대였다.

미국의 정치학자 허버트 허시는 일생 동안 '왜 인간은 그토록 엄청난 수의 인간을 죽이려 드는가'라는 질문에 골몰한 끝에 '기억'이 중요한 열쇠라는 결론을 얻었다. 제노사이드가 정치적 산물이라는 전제 아래 허시는 『제노사이드와 기억의 정치』를 통해서 '기억의 정치'와 '정치의 심리' 사이의 복잡한 작용을 설명한다.

인간의 기억과, 기억을 중심으로 구성되는 신화와 증오는 권력집단에 의해 조작된다. 이 조작은 시민들이 제노사이드 같은 잔학행위를 저지르게 하기 위한 것으로, 폭력은 '인종을 정화한다', '민주주의를 구한다', '사회를 보호한다' 같은 숭고한 목적으로 정당화된다. '게르만의 우수한 혈통을 보전하겠다'면서 자행된 쇼아가 대표적이다. 이렇게 구성된 한 세대의 기억은 언어를 통해 다음 세대로 전달되어 개인의 정체성과 자아 형성에 기여하는 한편, 혼란에 빠지거나 "조선인을 도랑으로 끌고 가 죽여라" 같은 부도덕한 명령을 받았을 때 개인의 의사결정에 영향을 미친다. 따라서 세대를 이어오는 이야기와 기억, 그 결과인 역사 해석은 현재를 좌우하는 중요한 요인이 된다. 과거를 어떻게 기억하느냐에 따라 인간의 삶은 파괴될 수도, 새롭게 건설될 수도 있으며, 오랜 반목을 지속할 수도, 청산할 수도 있다. 승자의 역사가 의도적으로 누락한 제노사이드의 역사를 생존자들의 기억을 통해 새롭게 기술해야 하는 이유다.

2013년 6월 일본에서 간토학살에 대한 일본의 국가적 책임을 묻는 서명운동이 전개되었다. 운동의 중심은 재일사학자 강덕상과 일본 내 조선인학살 연구자, 지역민 들이 2010년 결성한 '간토대지진 시 조선인학살의 국가책임을 묻는 모임'이었다. 강덕상은 간토학살이 "대형 재해 와중에 유언비어 때문에 우연히 일어난 사건이 아니"라면서 "일제의 침략사와 조선의 저항사가 누적된 상황에서 일본 내 무고한 조선인을 상대로 일제가 벌인 전쟁이자, 국가권력의 조직적 학살"로 규정했다. 또한 일본 정부가 지난 90년 동안 간토대지진 때 돌았던 유언비어가 거짓이라는 사실을 자국민에게 제대로 가르치지도 않고 사죄하지도 않았기 때문에 아직도 많은 일본인에게 '조선인은 경계 대상'이라는 인식이 남아 있다고 진단하고, 혐한 시위와 증오 발언이 횡행하는 지금이야말로 진상을 밝힐 적기라고 강조했다. 일본은 간토대지진이 일어났던 9월 1일을 '방재의 날'로 정하여 지진, 해일, 쓰나미 등 자연재해 대응능력을 점검하는 날로 삼고 있다.

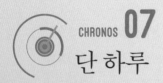

CHRONOS **07**

단 하루

나는 언제나
소외되고 고통받는 사람들의 편에 서서
저들의 인권과 권익을 지키며
사회의 불의와 부정을 거부하고
개인의 이익보다 공공의 이익을 앞세운다

독거노인
노숙자
장애아동
결손가정

누군가의 행복을 위해
당연하게 미뤄온

나의 하루
나의 한 달
나의 일 년
나의 일상

그러나

사회복지사 53.5퍼센트
'자원봉사자로 인식될 뿐
제대로 인정받지 못하고 있다'
— 한국사회복지사 기초통계연감 (2010년)

막막한 생계
결코 채워줄 수 없는
소외계층의 고단한 현실

어려운 처지에 공감할수록
깊어지는 후유증

끊임없이 마음을 짓누르는
자괴감과 무력감

사회복지사 75퍼센트가
번아웃 신드롬* 경험

누군가의 행복을 위해
살아온 날들

2013년 3월

복지 현장이 아닌
거리로 나선 사회복지사들

타인의 눈물을 닦아주던 손으로
훔친 자신의 눈물

지금까지 없었던
앞으로도 없을지 모를

오직 그들 자신만을 위한
단 하루

"우리는 행복해야 합니다.
우리가 행복하지 않으면서
남을 행복하게 할 수는 없기 때문입니다."

사회복지사는 사회복지에 관한 전문지식과 기술을 가지고 사회사업에 종사하는 전문직 노동자를 말한다. 1970년대 사회복지사업종사자로 시작하여 1983년 5월, 사회복지사업법이 개정되면서 '사회복지사'로 이름을 바꾸고 자격증이 발급되었다. 자격증을 취득한 사람은 공무원이 되어 지방자치단체 각 단위기구에서 사회복지 업무를 전담하거나, 각 지역의 사회복지관이나 양로원 같은 사회복지 시설에서 사회적 약자를 위해 일한다.

최근 정치권이 '복지국가', '복지사회'를 표방하면서 관련 제도를 잇달아 시행함에 따라 사회복지사의 수요는 꾸준히 늘었다. 통계에 따르면 2007~2011년까지 5년 동안 복지정책 재정은 45퍼센트, 복지제도 대상자는 157.6퍼센트가 증가했다. 반면에 사회복지 담당공무원은 4.4퍼센트 느는 데 그쳤다. 여성이 대부분인(74퍼센트) 사회복지 공무원의 육아휴직 인력충원 실적도 67퍼센트에 불과해 필요 대비 실제 인력은 턱없이 부족한 상황이다. 그에 비해 기초생활수급자만 대상으로 하던 사회복지 공무원 업무는 점차 일반 노인, 장애인으로 확대되었고, 양육수당 도입, 학비 지원 등의 사업

까지 떠맡으면서 일에 일이 더해지는 일명 '깔때기 현상'이 심화되었다. 2013년 5월 15일 새벽, 열차에 몸을 던져 사망한 논산시 사회복지 공무원이 생전에 정규직 두 명과 계약직 한 명, 공익근무요원 한 명과 함께 담당한 사람은 장애인만 1만 600여 명이었다.

2010년 정부가 도입한 사회복지통합관리망이 개통되자 13개 중앙부처 296개 복지 업무가 '사회복지 범정부정책'이라는 이름으로 일선 사회복지 공무원에게 집중되었다. 여기에 손으로 작성된 수급 신청서를 일과 후 일일이 전산망에 입력하는 잡무가 추가되었다. 수급 기준에 불만을 가진 탈락자들의 거센 항의를 받으며 근무하던 사회복지사들은 이상과 현실, 열정과 능력, 성취감과 죄의식 사이를 오가며 번아웃 신드롬을 호소했다. 번아웃 신드롬은 미국의 정신과의사 허버트 프로이덴버거가 제안한 심리학 용어로, 어떤 일에 지나치게 집중하다가 어느 순간 자신이 하던 일에 회의를 느끼고 무기력감에 빠지는 상태를 말한다. 뜻한 만큼 일이 실현되지 않거나 육체적, 정신적 피로가 쌓였을 때 나타나는 증상으로 이상이 높고 자기 일에 열정을 쏟는 사람에게서 발견되는 현대적 질병이다. 2013년 공무원노조와 노동환경건강연구소가 공동 시행한 '사회복지직 노동조건 실태조사'를 보면, 사회복지사 65퍼센트가 우울증을 앓고 있고, 29.2퍼센트가 자살충동을 느낀다고 응답했다.

복지국가가 시행하는 복지의 시장화?

2017년 사회복지 종사자 임금은 전체 산업 대비 70퍼센트 수준으로 나타났다. 이는 국가가 직접 책임져야 할 복지 업무를 민간에 위탁하면서 발생한 문제다. 현재 수많은 사회복지사가 고용은 위탁법인에 되어 있고 임금은 지자체나 정부에서 받는 구조다. 모호한 사용자성은 위법행위를 유발하는데, 대표적인 경우가 '초과수당 미지급'이다. 과중한 업무로 시간 외 근무를 주당 평균 70~80시간 이상씩 해야 하는 민간 사회복지사는 2011년 연봉제로 바뀐 임금 정책에 따라 36시간에 해당하는 연장수당밖에 받지 못한다. 나머지는 사측이 부담해야 하지만 발뺌하면 받아낼 도리가 없다. 정부와 민간이 서로 책임을 미루는 동안 약자를 돌봄으로써 사회정의를 실현하려는 사회복지사의 열의는 '열정노동' 형태로 착취당한다. 보건복지부가 마련한 사회복지사 처우에 대한 가이드라인을 보면, 2017년 사회복지사 평균 초봉은 월 160여만 원이고 그나마 지역에 따라 차이가 나며, 비정규직은 적용되지 않는다.

문제를 개선하고자 정부가 강구한 대책은 '현금 지원'이다. '바우처 사업'은 그중 하나로, 복지 서비스 이용자에게 정부가 일종의 쿠폰을 제공하여 복지 현장에 돈이 돌게 하겠다는 취지다. 그러나 이

것이 도리어 사회복지사의 고용 안정성을 위협하고 있다는 지적이다. 사회공공연구소 연구위원 제갈현숙은 "복지시설은 이용자가 올지 안 올지 모르는 상태에서 재정 안정을 담보할 수 없는 바우처만 갖고 정규직을 고용하지 않는다"면서 "바우처 중심의 복지 트렌드가 가속화되면서 최근 사회복지사 자격증을 딴 대학 졸업생이 대부분 계약직으로 취업한다"고 설명했다.

바우처 사업이 복지 서비스를 시장에 내맡긴다는 문제도 제기되었다. "활동보조나 노인 요양사업까지 모두 바우처 형태로 운영되다 보니 복지사업이 민간이나 개인의 수익만 창출하는 구조로 변했다"면서 "예전에는 정부의 직접적인 지원 아래 비교적 안정적인 일자리가 마련됐지만, 지금은 사회복지 종사자들이 이용자 한 명당 얼마씩의 수당을 받는 형태로 임금 체계가 개편되었다"고 말했다. 복지가 시장화되면 민간의 영리를 보장해야 하기 때문에 복지 서비스의 질은 하락할 수밖에 없다.

해결안은 여러 가지다. 복지사회를 지향하는 정책 방향에 따라 정부가 '직접 책임지는' 사회복지 시설이 늘어나야 한다는 의견이 비등한 가운데, 사회복지 업무 종사자가 시설 운영에 참여해서 시설이 공공적으로 운영되도록 감시하고, 여기에 지자체가 협력할 수 있는 강제적인 참여기구를 만들어야 한다는 것이다. 민간위탁이 불가피한 현실이라면, 사회복지 일선에 현장의 시선과 목소리를 도입해야 한다는 논리다. 사회복지 공무원을 감정노동자로 인식하여 정기적인 힐링 프로그램을 운영하는 것 또한 우선사항이다.

아무도 손잡아주지 않은 자의 절규

2013년 3월 30일 서울 광화문에서 '사회복지사 추모제 및 기자
회견'이 열렸다. 3월 30일은 한국사회복지사협회가 지정한 '사회복
지사의 날'이다. 과도한 업무 스트레스로 스스로 목숨을 끊은 사
회복지사 세 명을 추모하고, 정부의 사회복지 정책을 규탄한 이 추
모제에는 검은 옷을 입은 사회복지 공무원 800여 명이 참여했다.
주최측인 '사회복지사 자살방지 및 인권보장을 위한 비상대책위원

©민중의 소리

회'는 공공 사회복지 체제의 초석을 닦았으나 정작 자신은 복지 사각지대에 내몰린 사회복지사의 현실을 개탄하면서, 더이상의 희생을 막고 사회복지사들이 전문성을 발휘할 수 있도록 ▲민·관 사회복지사에 대한 감정치유 프로그램 조속 도입 ▲모든 시·도 및 시·군·구에 사회복지사 자살방지와 인권보장, 긴급조치 권한을 포함하는 사회복지사 처우 및 지위 향상을 위한 조례 제·개정 ▲민·관 합동으로 사회복지 전달체계 인력 및 전문성 진단팀을 꾸려 급속히 늘어나는 복지 업무를 감당하는 데 필요한 민·관 사회복지사 직무분석 및 실태조사 실시 ▲민·관 사회복지사의 깔때기 현상 해결 및 전문성 확보를 위한 업무배치 가이드라인 구축 ▲중앙부처와 시·도, 시·군·구 정부조직에 복지 서비스 이용자 확대에 상응하는 복지전문가 충원계획 마련 ▲사회복지직에 대한 인력관리 권한을 안전행정부에서 보건복지부로 즉각 이관 등을 촉구했다. 앞선 2013년 3월 28일 안전행정부는 사회복지 공무원 노동환경 개선책으로 복지인력 1800명 조기충원, 사회복지수당 4만 원 인상, 인사평가 시 가산점 부여 등을 대책으로 내놓은 상태였다.

공공부문 일자리 창출과 복지부문 확대를 대선 공약으로 내세웠던 문재인 대통령은 2017년 9월 7일 사회복지의 날, "새 정부 복지정책의 목표는 모든 국민에게 인간다운 삶을 보장하는 데에 있다"면서 "이를 구현하기 위해 애쓰고 있는 사회복지인들의 복지를 위해서도 노력하겠다"는 뜻을 밝혔다.

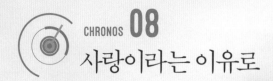

사랑이라는 이유로

"남의 집 일인데
참견하기 좀 그렇죠."

"내 주변에는 그런 일이 없어서
관심 없어요."

"너 같은 애는 학교 다닐 필요 없어."
"부모님이 그렇게 가르쳤어?"

학교 1.7퍼센트

"들어가!"
"저 개집에 들어가."
"왜 또 말썽이야?"

복지시설 2.3퍼센트

"서로 뺨 때려."
"싸우면 안 된다는 걸 가르치는
훈육이었습니다."

어린이집과 유치원 3.8퍼센트

그리고
86.1퍼센트

아동학대가 가장 많이 일어나는 곳
가정

"내 자식 내가 혼내는데
무슨 상관이에요?"

피해 아동 중 43퍼센트

"나는 거의 매일 학대당한다."
— 여성가족부(2011년)

'나는 학대하는 아빠의 아들이다.'
'나는 학대 받았던 아빠의 아들이다.'

아버지가 왜 그러실까
나 때문인가 봐

더 착해질게요
숨도 안 쉴게요

아무에게도 말하지 않을게요
아버지 제발요

폭력이 오래 지속될수록

난 나쁜 아이야
내가 정말 싫다

감정을 느끼는 뇌 기능 축소
잃어가는 공감 능력

내가 맞을 짓을 했어
네가 맞을 짓을 했어

아동학대의
피해자에서 가해자가 되어
아이들에게 이어지는
폭력의 상처

하지만
모두 가해자가 되는 것은 아니다

"넌 나쁜 아이가 아니야."
"내가 도와줄게."

친구
이웃
선생님
주변인들의 관심

"어려서는 희생자였지만
훗날 가해자가 되지 않은 아이들에게는
지지하고 믿어주는 사람들이 곁에 있었다."

― 앨리스 밀러, 아동학자

아동학대child abuse는 아동을 신체적·성적·심리적으로 괴롭히거나 방치하는 일을 말한다. 신체적 학대는 아동을 거칠게 대하거나 직접 물리력을 가해서 상해를 입히는 것이다. 성적 학대는 대가성이 있건 없건 아동에게 성적인 활동을 요청하거나 권유하거나 강요하는 행위, 자신의 성적 욕구를 충족하기 위해 아동에게 외설적인 자극을 노출하는 행위, 그런 대상이 될 아동을 구하거나 협박하는 행위, 아동과 성적인 접촉을 하거나 아동 포르노를 제작하는 행위를 가리킨다.

심리적 학대는 양육자가 아동의 인지, 정서, 사회, 심리적 발달에 심각한 영향을 미치는 일련의 행동이다. "너는 태어나지 말았어야 해" 같은 원색적인 비난부터, 아동 앞에서 배우자를 헐뜯거나 자기 비하를 하는 등 아동을 불안하게 만드는 모든 언행이 이에 속한다. 방치는 보호자가 아동에게 필요한 음식, 옷, 집, 의료 서비스, 건강 관리, 안전, 행복 등을 적절하게 제공하지 않는 것이다. 이와 같은 학대는 가정불화, 가정폭력, 경제적 빈곤, 원치 않은 임신, 육아 스트레스, 아동과 보호자의 장애 등의 복합 작용으로 발생하며, 가

해자의 약 85퍼센트가 부모다.

한국은 한국전쟁과 사회적 빈곤으로 인해 버려지고, 방치되고, 고아가 된 아동을 돌보겠다는 취지로 1961년 아동복리법(1981년 '아동복지법'으로 개칭)을 만들었다. 그러나 당시 아동복리법은 학대받고 위험에 노출된 아동을 위험 원인으로부터 긴급히 분리하거나 가해자에게 어떤 조치를 취할 근거가 없는, 실효성이 떨어지는 제도로서, 아동을 부모의 소유물로, 아동학대를 '남의 집 가정사'로 치부하는 후진적인 아동인권 의식을 반영하고 있었다. 그 사이 민간에서는 아동학대를 사회적 의제로 끌어올려 1989년 아동학대예방협회를 세우고, 전국에 지부를 설치한 다음 아동학대 신고센터를 꾸렸다.

미온적이던 정부의 태도는 1991년 '유엔아동권리협약Convention on the Rights of the Child' 비준을 계기로 바뀌었다. 유엔아동권리협약은 아동을 단순한 보호대상이 아니라 존엄과 권리를 지닌 주체로 보고, 18세 이하 인종, 국적, 종교를 초월한 모든 아동이 '생존할 권리', '보호받을 권리', '발달할 권리', '참여할 권리' 등 네 가지 권리를 기본권으로 누려야 한다고 명시했다. 협약에 동의한 국가는 처음에는 비준 시점부터 2년 안에, 다음에는 5년에 한 번씩 아동인권 현황 보고서를 유엔에 내야 한다. 이에 따라 정부는 1997년 '가정폭력범죄의 처벌 등에 관한 특례법'을 마련했고, 1999년 12월 아동학대 관련 개정안을 확정했다. 2000년 들어서는 아동복지법을 전면 개정하며 학대행위에 대한 벌칙을 대대적으로 강화했다.

정부가 그간 당연시했던 가정폭력을 문제로 삼자, 아동학대 의심 신고 건수는 날로 늘었다. 한국보건사회연구원 발표를 보면 2010년 9199건이었던 신고 건수는 2015년 1만 9214건으로 두 배 이상 증가했다. 물론 이는 사회와 어른들의 무관심과 무지로 인해 표면화되지 못한 사례를 뺀 수치다. 이에 정부는 2006년과 2014년 두 차례 법을 개·제정하면서도, 정작 예산을 편성해 아동학대를 감시할 시설과 인력을 늘리는 등의 실질적인 대응책은 마련하지 않았다.

지방이양 사업으로 분류해 2014년까지 없다시피 했던 정부의 아동학대 관련 예산은 2015년 252억 원으로 증액되지만, 애초 보건복지부가 신청한 금액의 절반밖에 되지 않았다. 재원도 일반회계가 아니라 범죄피해자 보호기금으로 충당했다. 이마저도 2016년 약 185억 원으로 삭감됐다가, '평택 아동 살해 암매장 사건'으로 아동학대에 대한 사회적 관심이 높아지자 이듬해 266억 원으로 복구됐다. 그 결과 아동학대 상담원은 증원 없이 약 700여 명이 연 2만여 건에 달하는 아동학대 사건 접수, 현장 조사, 학대 판단, 사후 관리, 서류 및 전산 업무 등을 모두 담당하고 있다.

아동복지법이 전국 226개 시·군·구마다 한 곳씩 두도록 하고 있는 아동보호 전문기관은 2013년 51곳에서 2015년 56곳, 학대 아동 쉼터는 36곳에서 57곳으로 확대되는 데 그쳤다. 부족한 보호 시설로 인해 학대 아동의 66.3퍼센트는 가해자와 격리되지 못한 채 학대의 현장인 집으로 보내졌고, 그렇게 돌아간 아동의 10퍼센트가 또다시 폭력에 노출되었다. 그러나 학대당한 아이가 두려움과 죄책감 때문에 부모의 학대 사실을 쉽게 털어놓지 못한다는 점을 감안하면, 이 역시 무의미한 숫자에 불과하다.

이서현 보고서

2013년 10월 24일 울산시 울주군에서 여덟 살 이서현 양이 숨졌다. 신고를 한 엄마 박 씨는 서현이가 욕실에서 반신욕을 하다가 사망했다고 말했다. 그러나 현장을 수상히 여긴 경찰이 부검을 통해 서현이의 갈비뼈 열여섯 개가 부러진 것을 확인했고, 박 씨는 살인죄 등의 혐의로 구속되었다(아빠 이 씨는 불구속 입건되었다).

목숨을 잃기 전까지 서현이의 학대 정황은 여러 차례 포착되었다. 2009년 부모가 이혼하며 아빠 손에 맡겨진 서현이는, 이듬해 아빠가 재혼하면서 새엄마를 얻었다. 분양대행업을 하는 아빠가 주말에만 집에 들르는 바람에 서현이의 양육은 전부 새엄마에게 맡겨졌다. 친엄마는 친권을 아빠에게 넘긴 뒤 한 번도 면접교섭권을 행사하지 않았다.

2010년 포항시 어린이집에 입학한 서현이는 처음부터 교사들의 관심 대상이었다. 팔다리는 늘 상처투성이였고, 어린이집에 오면 머리가 아프다며 눕는 일이 잦았다. 사람들에게 안기거나 매달리는 일도 없었다. 그러다 한 교사가 서현이의 머리에서 커다란 멍을 발견했고, 이유를 묻자 아이는 새엄마에게 맞았다고 털어났다. 하지만 교사의 전화를 받은 박 씨는 아이가 검도학원에서 다친 것이라고 말했다.

이후에도 비슷한 일이 반복되었다. 그러다 2011년 5월 13일 서현이 등에 고루 퍼진 멍 자국을 본 교사는 더이상 사태를 묵과할 수 없다고 판단, 아빠에게 전화로 사실을 알렸다. 그러나 "가족 일이니 신경 쓰지 말라"는 응답을 들었고, 교사는 지역 아동보호 전문기관에 신고했다. 아동보호 전문기관은 곧장 서현이를 건강검진하고 가정방문에 나섰다. 박 씨는 때린 사실을 인정하면서도 "훈육 차원의 체벌"이라고 설명했다. 기관은 저간의 행위를 아동학대로 판정하고 이를 박 씨에게 고지한 뒤, 서현이를 집으로 돌려보냈다. 박 씨가 잘못을 인정하고 변화의 뜻을 보인다는 이유였다.

40여 일 후 서현이는 인천으로 이사했다. 포항의 아동보호 전문기관은 인천 소재 기관으로 사건을 이관하지만, 서류에 서현이가 처한 상황이 얼마나 위험한지는 명시하지 않았다. 인천의 아동보호 전문기관이 박 씨와 두 차례 "아이와 잘 지내고, 기관이 개입하는 걸 원치 않는다"는 내용의 전화통화를 주고받는 동안, 서현이는 머리를 다쳐 병원 진료를 받았다.

이후 서현이는 울주군으로 와서 초등학교에 입학했다. 주변 어른들은 서현이를 또래에 비해 조숙하고 조용한 아이, 매일 하루 두 시간씩 도서관에 혼자 앉아 책을 읽는 기특한 아이로 여겼다. 팔다리 상처는 넘어져서 생긴 것으로, 눈 주위 멍 자국은 몽고점으로 넘겨다봤다. 2012년 넓적다리뼈가 골절돼 수술을 받고, 양손과 발에 2도 화상을 입어 2주간 입원을 했는데도 "복도에서 굴렀다", "샤워하다 데었다"는 박 씨의 말에 의심 없이 수긍했다. 아동학대 신고의무자인 학교, 학원, 병원은 이 모든 의심스러운 정황에 반응하지 않았다. 2013년 10월 24일 서현이는 소풍을 가고 싶어 한다는 이유로 새엄마에게 수십 분간 무차별로 폭행당하다 부러진 갈비뼈가 폐를 찔러 즉사했다.

사건이 알려지자 아동복지 전문가, 법률 전문가, 시민단체, 정부의 위탁을 받아 아동보호 전문기관을 운영하는 민간단체들이 즉각 '울주 아동학대 사망사건 진상조사와 제도개선 위원회'를 꾸렸다. 더불어민주당 국회의원 남인순이 위원장을, '세이브더칠드런' 권리옹호부장 김희경이 사무국장을 맡았고, 전문가 아홉 명이 두 달 동안 사비를 들여 관련자와 주변 인터뷰를 진행했다. 그에 근거해 사망의 진상을 밝히고, 한국 최초로 실제 사건에 근거해 종합적인 제도개선 방안을 담은 150쪽짜리 보고서를 작성했다. 이것이 곧 '이서현 보고서'로, 영국 '클림비 보고서'를 본보기로 삼았다. 2000년 여덟 살 빅토리아 클림비가 아동학대로 숨지자, 영국 정부는 의회와 함께 조사단을 꾸려 클림비가 죽음에 이르는 과정에서 사회 서비스가 제대로 작동했는지, 병원과 경찰 대처에는 문제가 없었는지 2년여 동안 약 65억 원을 들여 조사해 400쪽짜리 보고서로 정리했다. 그에 의거해 영국 정부는 아동학대 대처법의 방점을 '처벌'에서 '예방'으로 옮겼고, 법 개정과 아동보호 프로그램 개발에도 착수했다.

'이서현 보고서'는 "신고의무자 직군 종사자에게 자신이 신고의무자임을 알도록 고지할 방법을 마련할 필요가 있고, 각 직군별 신고의무자의 아동학대 징후 관찰과 대응 요령을 배포할 필요가 있다"고 지적했다. 또한 "사례를 다른 지역으로 이관할 경우 이전 기관과 신규 기관이 긴밀히 협의하는 공조체계를 구축해야 한다"고

적시했으며, "학대 판정 이후 행위자가 기관의 상담을 거부할 때뿐만 아니라 종결 이후 사후 관리 단계에서 학대 행위자가 기관의 개입을 거부할 때에도 개입을 강제할 수 있는 조치가 필요하다"고 제언했다. 무엇보다 중앙정부가 아동학대 문제의 컨트롤타워가 되어 줄 것을 요구했다. 남인순 위원장은 이 같은 내용의 '이서현 보고서'를 2014년 초 정홍원 국무총리와 문형표 보건복지부 장관에게 직접 전달하고 "보고서에서 제안한 제도개선 방안을 아동학대 관련 종합대책 수립에 적극 반영할 것"을 당부했다.

2014년 9월 정부는 피해아동 보호를 위해 친권을 제한·정지할 수 있도록 민법과 가족관계등록법을 개정하고, 아동학대 가해자와 신고하지 않는 신고의무자의 처벌규정을 대폭 강화한 '아동학대범죄의 처벌 등에 관한 특례법'을 제정했다.

* 아동학대 점검표 *

(신고의무자용, 보건복지부 산하 중앙아동전문보호기관 제공)

1. 사고로 보기에는 미심쩍은 상흔이나 폭행으로 보이는 멍이나 상처가 발생한다.
2. 상처 및 상흔에 대한 아동 및 보호자의 설명이 불명확하다.
3. 보호자가 아동이 매를 맞고 자라야 한다는 생각을 갖고 있거나 체벌을 사용한다.
4. 아동이 보호자에게 언어적·정서적 위협을 당한다.
5. 아동이 보호자에게 감금, 억제, 기타 가학적인 행위를 당한다.
6. 아동이 기아, 영양실조, 적절하지 못한 영양섭취를 보인다.
7. 계절에 안 맞는 옷, 청결하지 못한 외모를 보인다.
8. 불결한 환경이나 위험한 상태로부터 아동을 보호하지 않고 방치한다.
9. 성적 학대로 의심될 만한 성 질환이 있거나 임신 등의 신체적 흔적이 있다.
10. 나이에 맞지 않는 성적 행동 및 해박하고 조숙한 성 지식을 보인다.

11. 자주 결석하거나 결석 사유가 불명확하다.

12. 필요한 의료적 처치를 하지 않거나 예방접종이 필요한 아동에게 접종을 실시하지 않는다.

13. 보호자에 대한 거부감과 두려움을 표현하거나 집에 돌아가는 것을 무서워한다.

14. 아동이 히스테리, 강박, 공포 등 정신신경성 반응을 보이거나 공격적이거나 위축된 모습 등의 극단적인 행동을 한다.

이 중 하나만 해당되어도 아동학대를 '의심'해볼 수 있는 상황이며, 112로 신고하면 된다.

◎ BOOK +

『아동학대에 관한 뒤늦은 기록』
류이근·임인택·임지선·최현준·하어영 저, 시대의창, 2017

한겨레 탐사기획팀 기자들이 2008년부터 2014년까지 한국에서 보호자의 학대로 사망한 아동의 실태를 재조사한 책이다. 단순 폭로에만 그치는 것이 아니라 사건 기록과 판결문, 공소장, 언론 보도 등 관련 자료를 다시 들여다보고, 가해자와 이웃, 피해 아동의 형제자매들을 인터뷰하여 여전히 열악한 한국의 아동 인권 현황을 꼼꼼히 파헤쳤다.

20년째
정해진 궤도를 도는
어떤 열차

"2년 동안 오늘만 기다렸어요."

열차 옆에 천막을 치고
순서를 기다리는
환자들

치료 시기를 놓쳐 실명하는 사람
하루 100명

에이즈 바이러스 보균자
국민의 17.8퍼센트

그러나
인구 4219명당
의사 1명

— 경제협력개발기구 보건 통계 (2009년)*

* OECD 평균, 인구 1000명당 의사 3.1명

백인 거주 지역에 한정된 의료시설
병원에 갈 수 없는 사람들

사람들이 병원에 갈 수 없다면
병원을 싣고 다니자!

세계 최초의 의료열차
취약계층을 위한 최소한의 의료 서비스

펠로페파* phelophepa

1993년 남아공 철도공사의 주도로
안과뿐인 세 칸짜리 열차로 시작

2013년
열여덟 칸으로 확장된 열차

전문의 21명
인턴 40명

그리고
건강검진센터
심리치료실
치과와 약국까지

"오십 평생 처음 안과에 가봤습니다."

"검진 덕분에 가슴에 종양이 있다는 걸 알게 됐어요.
큰 병원에 가서 무사히 수술할 수 있었죠."

"펠로페파는 기적의 열차입니다."

그러나
하루에 진료하는 환자
최대 260명

펠로페파가 마을에 머무는 기간
단 일주일

같은 마을을 다시 찾기까지
2년

"우리가 이 지역에 다시 왔을 때
근처에 훌륭한 병원이 있기를 기대합니다.
그날이 오면 펠로페파는 더이상 필요가 없겠죠."

─ 온케 마지부코, 심리학자·펠로페파 운영 책임자

© Mariella Furrer

17세기 백인이 이주해오면서 시작된 남아프리카공화국(이하 남아공)의 백인우월주의는, 1948년 네덜란드계 백인을 정치적 기반으로 하는 국민당이 단독정부를 수립한 후 '아파르트헤이트apartheid(인종격리 정책)'로 제도화되었다. 이에 따라 백인 정부는 반투스탄bantustan 혹은 홈랜드homeland(흑인 거주 지역)에 자치권을 주고 아프리카인 1800만 명을 종족별로 10개 지정지에 격리수용했다. 홈랜드에는 남아공 국토 면적 13퍼센트에 해당하는 박토薄土가 배분되었다. 생존을 보장받지 못한 순수 아프리카인들은 객지를 떠도는 날품팔이가 되었고, 남아공 백인 16퍼센트는 유색인 84퍼센트에 대한 우위를 점했다. 남아공에 불시착한 외계인이 요하네스버그 부근에 격리 수용된 채 28년간 인간의 통제를 받는다는 내용의 영화 〈디스트릭트 9〉은 아파르트헤이트의 SF 버전이었다.

아파르트헤이트는 1994년 4월 27일 남아공 역사상 최초로 흑인이 자유총선거에 참여하고, 다인종으로 구성된 의회가 넬슨 만델라를 대통령으로 선출하면서 종식되었다. 넬슨 만델라는 1918년 7

월 18일 트란스케이 움타타에서 태어났다. 남아공에서 흑인으로 태어났다는 것만으로 이미 정치적일 수밖에 없었기에, 만델라는 일찍부터 흑인 민족주의 운동에 투신했다. 1942년 아프리카민족회의ANC에 가입하고 비폭력운동을 전개한 그는, 1952년 유색인으로는 처음으로 요하네스버그에 법률상담소를 열어 백인우월주의 사회 속에서 흑인 인권을 변호했다.

만델라의 투쟁노선은 1960년 3월 극적으로 전환되었다. 날로 악랄해지는 아파르트헤이트에 맞서 유색인들은 요하네스버그 남쪽 샤프빌에서 대규모 반대집회를 열었다. 평화롭던 시위는 경찰이 총기를 난사하면서 순식간에 69명이 숨지고 수백 명이 부상당하는 유혈사태로 번졌다. 만델라는 이를 '흑인 학살사건'으로 규정하고, 무장투쟁을 결심한다.

1961년 6월 ANC는 국민당에 맞설 군대의 책임자로 넬슨 만델라를 임명했다. 이에 만델라는 무장단체 '민족의 창Unmkhonto we Sizwe, 약칭 MK'을 조직한다. 흑인으로만 구성된 ANC와는 달리 백인부터 공산주의자까지 폭넓게 수용한 MK는, 훗날 만델라가 표방한 '무지개 나라'와 이념적인 맥을 같이 한다. 집권 후 만델라는 백인 정적을 부통령에 임명하면서 과거에 대한 보복 대신 미래를 위한 화합을 결정한다.

MK의 수장으로서 만델라는 게릴라전술을 습득하고 군사훈련을 받았다. 아프리카 전역을 돌며 무장투쟁에 관한 정보를 수집하는 한편, 사람들에게 MK에 동참할 것을 호소했다. 1962년 요하네스버그에서 회동을 갖고 은신처로 돌아가다 체포된 만델라는, 1964년 종신형을 선고받아 27년을 로벤 아일랜드 감옥에서 복역했다. 그사이 자와할랄 네루상(1979년), 브루노 크라이스키 인권상(1981년), 유네스코의 시몬 볼리바르 국제상(1983년)을 받으며 세계 인권운동의 상징으로 떠올랐다. 1993년 노벨평화상을 수상한 넬슨 만델라는 이듬해 남아공 최초의 흑인 대통령이 되었다.

실패의 공백을 달리는 기차

남아공의 의료 서비스는 세계적인 수준이지만 대상자는 백인에만 한정되어 있었다. 이 같은 불균형을 바로잡고자 만델라는 대대적인 공공의료 정책을 기획했다. 1996년 제정된 남아공 헌법은 건강권을 크게 세 가지로 보장하고 있는데 첫째, 모든 사람은 보건의료 서비스를 받을 수 있고, 둘째, 어린이는 기초보건 서비스를 제공받으며, 셋째, 형무소 수감자를 비롯한 수용인은 국가부담으로 적절한 치료를 받는다. 1997년 4월 만델라 정부는 '보건의료체계 개혁백서'를 발표하고 1600개의 병원 신설 및 리모델링에 들어갔다.

그후 20년이 지난 현재, 남아공 시민의 기대수명은 54세에 불과하다. 성인 17.8퍼센트가 에이즈 바이러스 보균자이거나 환자로 '해방' 이전보다 오히려 나빠졌고, 시민 한 명당 의사 비율은 4219 대 1로 세계 최하위에 속한다. 남아공 공공의료 정책의 실패 사유는 여러 가지다. 간접적으로는 경제상황과 사회문제가 크게 작용했다. 이를테면 흑인의 소득과 고용, 경제적 불평등은 단번에 좋아질 수 없었다. 사회정책이 신자유주의 노선을 따르면서 정부재정도 고갈되었고, 민영화로 인해 공공요금도 폭등했다. 만델라의 지도력도 제대로 발휘되지 못했다. 『르몽드 디플로마티크』(2013년 8월)는 만

델라 이후 의료 서비스는 더 공정하게 분배되었지만 전반적인 질은 크게 악화되었다고 평가했다.

1997년 남아공 정부는 공공병원의 백인과 흑인 노동자 수의 균형을 맞추고자 희망퇴직제를 도입했고, '기계적 평등'의 여파로 수많은 백인 전문의가 병원을 떠났다. 이로 인해 시스템의 운영에 공백이 생겼지만 ANC는 이 문제를 정치적 인사를 통해 해결하려 했다. 남아공 비트바테르스란트대학 공공행정학 교수 알렉스 반 덴 히버는 "정치적 파워게임에 보건부문이 볼모로 잡혔다. 인기영합주의와 부패가 의료 시스템을 무용지물로 만들었다"고 비판했다. 펠로페파는 이 공백을 메우기 위해 필요 불가결하게 운영되는 제도로, 모든 시민에게 기본의료 서비스를 제공하려는 정부의 고충을 대변한다.

남아공이 채택했던 미국식 의료체제는 이러한 상황을 악화시켰다. 의료보험은 민간보험사가 100퍼센트 장악했다. 공공병원은 정부가 관할하고, 민간보험사는 시장논리에 따라 민간병원만 상대한다. 시민의 20퍼센트만이 민간보험사를 통해 의료보험 혜택을 누려 양질의 서비스를 제공하는 민간병원에 가고, 나머지 80퍼센트는 의료보험 혜택을 받지 못해 서비스 질이 떨어지는 공공병원에 간다. 민간보험과 민간의료자본이 왜곡시킨 의료제도는 남아공 시민을 헌법이 규정한 건강권에서 소외시켰다. 이 문제를 해결하고자 ANC는 2009년 총선에서 '국민건강보험 도입'을 공약했고, 2012년부터 시행 중이다.

'공공보건의료에 관한 법률'에 따르면 공공보건의료는, 보건의료기관이 지역, 계층, 분야에 관계없이 국민의 보편적 의료 이용을 보장하고, 건강을 보호·증진하는 모든 활동을 말한다. 또한 공공보건의료기관은 국가, 지방자치단체, 대통령령으로 정한 공공단체가 공공보건의료의 제공을 목적으로 설립·운영하는 보건의료기관으로 규정하고 있다. 공공보건의료에 대한 이 같은 정의는 우리 사회에 지역, 계층, 분야에 따라 의료 서비스와 건강에 불평등이 존재한다는 것을 뜻한다.

공공병원은 이 간극을 메우기 위해 설립되었다. 재원은 조세 등 공적자금으로 마련한다. 따라서 공공병원의 목표는 흑자가 아니라 적정진료, 사회적 취약계층들을 위한 의료안전망 구축, 지역주민의 건강 향상에 필수적인 의료 서비스 제공 등 공익적 역할을 수행하는 데 있다. 2012년 보건복지부 발표에 따르면, 입원환자 기준으로 전국 34개 공공병원인 지방의료원의 일당 진료비는 같은 규모 민간병원의 64퍼센트다. 저소득 의료 취약계층이 공공병원을 찾는 유인이자, 공공병원이 만성 재정적자에 허덕이는 이유다.

1960~1970년대까지 공공병원은 전체 의료기관의 절반 정도를 차지했다. 그러나 이후 국가의 투자는 줄고 민간 의료기관은 크게 늘어, 전체 의료 서비스에서 차지하는 비율이 10퍼센트를 밑돌았다. 참고로 스웨덴, 노르웨이 등 복지 선진국의 공공병원 비율은 90퍼센트 이상이고, '의료 민영화의 기수' 미국은 25퍼센트 수준이다. 시민건강권이 나날이 위축되자 노무현 정부는 4조 3000억 원을 투자해 공공병원의 비중을 30퍼센트까지 확대하는 '공공보건

의료 확충 종합대책'을 발표하지만 실행되지 못했다.

2013년 2월 26일 당시 경남도지사였던 홍준표는 진주의료원 폐업을 발표했다. 경상남도가 설립·운영하는 공공병원으로서 진주의료원은 470개 병상(일반 병상 240개, 노인요양 병상 160개 등)을 갖추고 장애인 전문치과와 노인 요양병원 운영, 지역 아동센터 지원, 인공관절 무료시술, 취약계층 무료진료, 말기 암환자를 위한 호스피스 사업 등을 수행해왔다. 이로 인해 발생하는 적자는 연 30억 원. 홍 지사는 경영부실 등의 이유로 "1999년부터 진주의료원에 대해 매각 등 특단의 대책을 내려야 한다는 지적이 끊임없이 제기됐지만 진주의료원 노조가 경영개선, 구조조정 요구를 모두 거부했다"면서 "그 과정에서 쌓인 300억 원의 부채가 경상남도 전체에 부담을 준다"고 말했다. 경상남도의 누적부채는 1조 3500억 원이고, 2010년부터 3년간 경상남도가 진주의료원에 지원한 도비는 연평균 12억 원이다.

진주의료원은 '진주자혜의원'으로 개원한 지 103년 만인 2013년 5월 29일 문을 닫았다. 지방자치단체가 '적자'를 이유로 강제 폐업한 최초의 공공병원이었다. 이에 발맞춰 박근혜 정부는 공공병원에 대한 지원을 장비와 시설 개선에 한정하고, 그 외 발생하는 비용은 병원과 지자체에 부담시켰다. 결과에 따라 지원금을 차등 지급하는 정기 감사의 포커스는 경영실적에 맞췄다. 지방의료원과 국립대학병원 들이 적정진료와 이익 추구 사이에서 갈팡질팡하는 사이, 공공병원의 비중은 2015년 5.5퍼센트까지 떨어졌다. 이에 대해 한국보건사회연구원 연구위원 김남순은 "공공의료의 가치는 기관 단위의 수익성을 우선시하는 게 아니라 의료에 대한 사회적 필요를 충족하는 것"이라면서 "정부와 지자체가 공공의료에 대한 정책과 담론을 경영개선이 아니라, 기본 가치를 회복하는 데 초점을 둬야 한다"고 제언했다.

◎ BOOK +

『개념 의료: 왜 병원에만 가면 화가 날까』 박재영 저, 청년의사, 2013

의사 출신 저널리스트인 저자가 자신의 이력을 살려 한국 보건의료의 역사와 의료적 쟁점들을 알기 쉽게 정리한 책이다. 의료체계 전반을 훑어보는 것으로 시작해 국가가 모든 시민에게 적절한 의료 혜택을 제공하겠다는 취지로 출발한 건강보험제도가 시대 변화 및 기술 발전을 거치며 드러낸 허점, 각 이익집단의 입장, 제도와 현장의 충돌, 보완해야 할 점과 향후 나아가야 할 방향 등 보건의료 이슈를 중립적인 시각에서 포괄, 서술했다.

『환자를 위한 나라는 없다』 파트릭 펠루 저, 양영란 역, 프로네시스, 2008

프랑스 공공병원 응급실 의사였던 파트릭 펠루가 2004년부터 독립 시사저널 『샤를리 에브도』에 기고한 칼럼을 모은 책으로, 사회의 '의료 불평등을 해소'하기 위해 운영하는 공공병원이 '이윤'을 목적으로 삼았을 때 펼쳐지는 지옥도를 보여준다. 들것에 누워 자리가 나기를 기다리다 죽는 환자, '실적' 압박에 시달리는 병원, '이윤'을 못 내는 병원에 예산 삭감을 통보하는 정부, 더 좋은 근무처를 찾아 떠나는 의사들의 모습 등 책 속에서 펼쳐지는 일부 풍경들은 이미 우리의 눈앞에 와 있는 현실이다.

엉뚱한 상상

마치 고드름처럼
모든 사물이 땅으로 자랐다

나무에 두 다리를 걸치고
거꾸로 매달린 채로

나치에 점령당한 조국
아버지 대신 가족을 돌봐야 했던
열두 살

고된 현실을 잊을 수 있었던 탈출구
무엇과도 바꿀 수 없었던 최고의 장난감
'상상'

동화적 상상력으로 그려낸 만화
스머프 The Smurfs

'불만' '게으름' '욕심' '허영'……
다양한 자아를 그린 캐릭터들

1981년
할리우드에서 TV애니메이션으로 제작
전 세계 30개국에서 방영된다

그러나

"스머프는 자본주의 국가의 선전물이다."

"파파 스머프의 붉은 모자는
프랑스혁명의 '자유'를 연상시킨다."

"각각 개성이 뚜렷한 캐릭터들은 자본주의적이다."

동독과 구소련, 폴란드 등에서 방영 금지

그리고
냉전이 끝난 21세기

"스머프는 공산주의를 찬양하는 만화다!"

"파파 스머프의 붉은 옷과 덥수룩한 수염은
카를 마르크스를 연상시킨다."

"공동생활에 익숙한 캐릭터들은
개인보다 집단을 강조한다."

상상이 더해지면서 과장되는 소문

"스머프 작가는 사회주의자다!"

사회주의 만화 논란의
최초 진원지
1998년 미국

한 만화 마니아가
인터넷 홈페이지에 올린
짧은 에세이
「스머프에 나타난 정치·사회적 테마」

얼마 후
예상치 못했던 찬반 논쟁
스머프를 둘러싼 이념 논쟁

욕심 많은 가가멜
매사 투덜대는 투덜이 스머프
잘난 척하는 똘똘이 스머프

'나'라는 사람의 마음속에
존재하고 있는 다양한 모습들

"스머프의 사회주의 만화 논란은
정치 이데올로기를 가진 사람들이
자신만의 상상력으로 해석한 것이다."
— 마리오 카치오톨로, BBC 저널리스트

'스머프'는 벨기에 작가 피에르 컬리포드가 만든 만화 캐릭터다. '페요Peyo'라는 필명으로 더 유명한 컬리포드는 애니메이션학교를 졸업하고 신문에 만평을 기고하며 생활하다가, 1947년 중세 견습기사의 모험을 그린 〈요한〉을 만화주간지에 연재하면서 이름을 알렸다. 스머프는 1958년 〈요한〉의 주변 캐릭터로 처음 등장했는데 반응이 폭발적이었다. 스머프 인형은 불티나게 팔렸고, 스머프를 주제로 한 노래가 유럽 각국의 음악 순위 차트를 오르내렸다. 주인공 요한보다 더 큰 인기를 얻은 스머프는 이듬해 단독 시리즈로 꾸려져, 숲속 깊은 곳에 버섯으로 집을 짓고 공동체를 이루어 사는 캐릭터로 구체화되었다.

　유럽에서 시작된 인기는 미국에까지 번졌다. 〈톰과 제리〉로 명성이 높아진 미국의 만화영화 제작사 '한나 바버라 프로덕션'이 판권을 사들여 1981년 TV 시리즈 〈개구쟁이 스머프〉를 제작했다. 총 256화로 구성된 애니메이션은 42퍼센트라는 경이적인 시청률을 올렸고, 전 세계 30여 개국에 판권이 팔려나가 인기리에 방영되었다. 내용은 특별할 게 없다. 파파 스머프를 중심으로 스머프들은

각자 재능에 걸맞은 일을 하면서 공동생활을 꾸린다. 어리석고 심술궂은 마법사 가가멜은 이들을 잡아다가 황금을 만들거나 수프로 만들어 먹을 생각을 하지만, 스머프들의 지략과 단결력으로 번번이 실패한다. 스머프는 별 뜻 없는 단어로, 컬리포드가 동료와 점심을 먹던 중 소금이라는 단어가 생각나지 않자 "스머프 좀 건네줘 pass me the smurf"라고 아무렇게나 말한 데에서 유래했다.

'스머프 음모론'은 1998년 오스트레일리아 청년 마크 슈미트의 블로그에서 시작되었다. "만화 마니아로서 평소 느낀 점을 가감 없이 쓴" 슈미트의 글은 여러 사람들의 논의를 거치면서 '사회주의 사상을 전파하기 위한 위장전술론'으로 모양새를 갖춰나갔다. 주요 혐의는 다음과 같다.

- 스머프는 'Socialist Men Under Red Father(적색분자 아버지를 둔 사회주의자들)' 또는 'Soviet Men Under Red Father(적색분자 아버지를 둔 소련 사람들)'의 머리 글자를 딴 단어다.
- 파파 스머프와 똘똘이 스머프는 카를 마르크스와 레온 트로츠키에 기초한 캐릭터 다. 파파 스머프의 덥수룩한 흰 수염은 카를 마르크스와 닮았고, 입바른 소리를 한

죄로 매번 공동체 밖으로 내던져지는 똘똘이 스머프는 소련에서 추방당한 트로츠키를 대변한다.

- 파파 스머프가 입고 있는 붉은 옷은 사회주의를 의미한다.
- 모든 등장인물 뒤에 붙는 '스머프'라는 호칭은 사회주의의 '동무comrade'를 연상시킨다.
- 모두 똑같은 옷을 입고 있는 스머프는 공산주의의 획일성을 상징한다. 실제로 스머프의 재산은 공동소유이고, 파파 스머프의 강력한 지도력 아래 집단생활을 하고 있다.
- 사악한 적으로 등장하는 가가멜은 자본주의에 대한 알레고리다. 애초에 가가멜 캐릭터는 스머프로 황금을 만들려던 연금술사로 설정되었는데, 황금은 자본을 뜻한다. 가가멜의 고양이 아즈라엘은 가가멜이 기거하는 성이 상징하는 냉혹한 자유시장 체제 아래서 착취당하는 노동자이며, 가가멜과 아즈라엘의 관계는 부르주아와 프롤레타리아의 관계를 상징한다.

스머프를 둘러싼 음모론은 한국에도 전해졌다. 레드 콤플렉스의 영향 아래 한때 '방영 불가' 분위기가 형성되기도 했으나 제작사 한나 바버라의 강력한 항의에 방영을 최종 결정했다.

불확정성에 대처하는 현대인의 자세

음모론conspiracy theory은 사회에 큰 반향을 일으킨 사건의 원인을 명확하게 설명하지 못할 때, 배후에 거대한 권력조직이나 비밀단체가 있다고 해석하는 일종의 유사 세계관이다. 사실의 파편을 과대망상적인 상상력으로 엮어낸 것으로 사회적 위기, 인간의 한계상황, 이러저러한 혼란이 발생할 경우 주로 유포된다.

음모론 형성 메커니즘에 대해서는 여러 주장이 있다. 사회심리학자 이철우는 자기 가설에 맞는 사실만 채택하고 맞지 않는 것은 버리는 '긍정적 피드백 현상'을 이유로 들었다. 미국의 과학잡지 『사이언티픽 아메리칸』은 진화론에 기대어, 어떤 힘과 의도를 가진 존재가 세상을 지배한다고 믿는 성향은 불가해한 자연을 이해하고자 일정한 유형을 찾아내는 인간의 속성에서 비롯되었다고 풀이했다.

아폴로13호 달 착륙 조작설, 히틀러 생존설 등 유명한 음모론은 대부분 거짓으로 밝혀졌다. 이 분야에서 잔뼈가 굵은 영국의 탐사 저널리스트 데이비드 사우스웰은 "음모론의 95퍼센트는 쓰레기"라고 단언하면서 '오캄의 면도날'로 진위 여부를 판단하라고 당부한다. '오캄의 면도날'은 14세기 영국의 논리학자이자 프란체스코회 수사였던 오캄의 이름을 빌린 논리원칙으로 '경제성의 원칙'으로도 불린다. 핵심은 같은 현상에 대한 두 개의 주장이 있다면 보다 설명이 간명한 쪽을 선택하라는 것이다. 예컨대, 아폴로13호가 달에 가지 않았다는 것보다 갔다는 사실을 증명하는 데 필요한 논리가 더 단순하고 명쾌하다면 후자가 옳다는 주장이다. 그러나 '의심할 권리'는 그 자체로 중요할뿐더러 종종 감춰진 진실을 밝혀내기도 한다. 마약류를 몰래 투여하여 사람의 정신을 조종하려 했던 미국의 'MK 울트라 프로젝트', 앨라배마 주 터스키에서 흑인 빈민을 대상으로 매독 생체실험을 한 '터스키 매독 생체실험사건'은 음모론이 사실로 밝혀진 경우다. 터스키 생체실험 사건은 빌 클린턴 대통령이 직접 현지를 방문해 사과하기도 했다.

오늘날 전 세계적으로 음모론이 창궐하는 데에는 두 가지 이유가 복합적으로 작용한다. 슬로베니아 출신 철학자 슬라보예 지젝은 포스트모더니즘의 특징 중 하나는 정부, 언론, 전문가 등 전통적인 권력집단이 더이상 신뢰와 권위를 갖지 못하는 것이라고 말했다. 권력에 대한 불신이 밑거름이 되고, 여기에 블로그, 소셜네트워크서비스 등 달라진 미디어 환경이 더해지면서 음모론이 폭발적으로 생산, 소비, 유포되고 있다는 설명이다.

한국의 경우에는 반복적인 역사적 경험에 의한 편향성도 음모론 창궐과 확산에 한몫을 담당한다. 과거 정부가 정권의 안정을 도모하거나 연장하려는 방편으로 '공작'을 일삼은 탓인데, 1986년 전두환 신군부의 '평화의 댐 사기극'이 대표적이다. 때문에 천안함 침몰 미스터리, 18대 대선 국정원 개입 및 개표조작 논란 등 굵직한 사건들마다 음모론이 따라붙었고, 그중 '2011년 서울시장 보궐선거 정치권 개입설'은 사실로 밝혀졌다.

2011년 10월 26일 서울시장 보궐선거일에 중앙선거관리위원회와 박원순 후보 홈페이지에 디도스DDos 공격이 발생했다. 이로 인해 오전 6시 15분부터 8시 32분까지 중앙선관위 홈페이지 접속이 안 되는 바람에 출근길에 투표하려던 시민들이 큰 혼란을 겪었다. 설상가상 투표소마저 다른 곳으로 옮겨진 곳이 많아 혼란을 가중했다. 그러자 '투표율이 높으면 야당에, 낮으면 여당에 유리하다'는 통계를 바탕으로 '디도스 공격은 투표를 방해하기 위한 여당의 작전이다'라는 음모론이 유포되었고, 결국 경찰 조사로까지 이어졌다.

그해 12월 8일 경찰은 디도스 공격이 당시 한나라당 최구식 의원실의 비서 공아무개 씨가 저지른 단독범행이라고 발표했다. 그러나 당시 조현오 경찰청장이 단독범행이라는 증거가 없다는 이유로 재수사를 촉구했고, 그 결과 박희태 전 국회의장의 비서관이 추가 기소되었다. 그럼에도 청와대가 개입되었다는 '배후논란'이 수그러들지 않자 국회는 2012년 2월, 디도스 공격 사건 진상규명을 위한 특검법 제정·공포안을 심의, 의결했다.

2012년 6월 22일 특검팀은 10·26 디도스 사건에 윗선이나 배후는 없다고 발표했다. 당시 검찰은 사건은폐 의혹을 받았던 김효재 전 청와대 정무수석 등 다섯 명을 추가기소하며 수사를 종결했다.

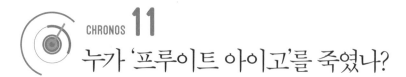

누가 '프루이트 아이고'를 죽였나?

화장실도 없이 살던 저희에게는
인생 최고의 경험이었죠

그런데 어느 날 자고 일어나니
모든 것이 사라져버렸습니다

1954년 미국 세인트루이스

'올해의 건축상'을 수상하며 기대 속에 들어선
11층 33개 동의 아파트 단지

프루이트 아이고 아파트 Pruitt-Igoe Apartment

월 임대료 30달러 수준
저소득층을 위한
현대식 시설의 공공 아파트

불량한 주거 지역을 재개발하여
빈곤층을 가난과 범죄의 위험에서
구제하기 위한 프로젝트

누구나 자유롭게 이용할 수 있는
오픈 갤러리

4층 7층 10층
특정 층에서만 멈춰서는
절전형 엘리베이터

하지만
60퍼센트를 밑돌았던 입주율

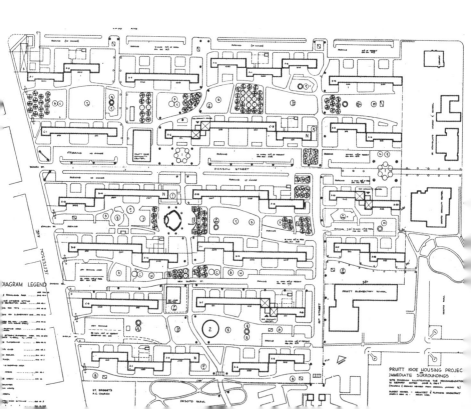

1969년 6개월 동안
프루이트 아이고에서 일어난
범죄 발생 건수

살인 2건
성폭행 10건
폭행 45건
절도 103건

결국 33개 동 중 27개 동이
빈 아파트로 전락한다

"프루이트 아이고의 공간 설계는
저소득층의 특징과 생활 패턴을
전혀 고려하지 않은 것이 문제였다."

— 오스카 뉴먼, 건축가

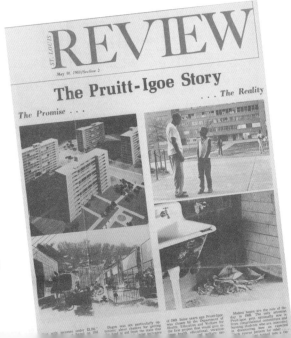

범죄에 악용하기 좋은
빈 아파트와 사각지대

어두운 계단에 숨어
범행 기회를 노린 강도와 성폭력범들

누구나 들어올 수 있는 복도에서
부모를 기다리다
위험에 노출된 아이들

"프루이트 아이고 아파트가
이렇게 파괴적인 공간이 될 줄은 몰랐다."

― 야마자키 미노루, 프루이트 아이고 설계자

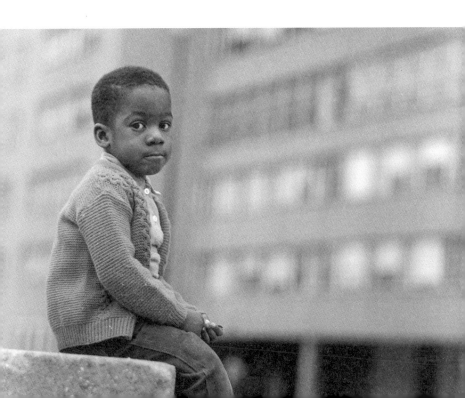

1972년 7월 15일
프루이트 아이고 아파트는
'3억 달러'라는 천문학적 손실을 남기고
폭파, 철거된다

프루이트 아이고 아파트의
악명 높은 실패가 남긴
값비싼 교훈

셉테드 CPTED, Crime Prevention Through Environmental Design

: 도시환경을 범죄 예방이 가능한 디자인으로 설계하는 기법

'인적이 드물고 어두운 공간을
밝고 사람들이 모일 수 있는 곳으로
바꿔주는 것만으로도
범죄 발생률을 낮출 수 있다.'

— 셉테드 이론 중에서

산업혁명 이후 영국의 대도시는 급속히 성장했고 그 연쇄작용으로 스프롤sprawl 현상이 일어났다. 스프롤은 도시가 갑자기 팽창하면서 주거지나 공업 지역이 도시 주변부로 무질서하게 확대되는 현상을 말한다. 이로 인해 교통, 인프라, 보건 등에서 문제가 발생하자 20세기 초 영국의 건축가 에버니저 하워드는 전원에 자족적인 도시를 세우고 철도와 도로를 닦아 대도시와 잇는 '전원도시'를 구상했다. 도시와 도시 사이에 녹지를 두어 스프롤을 막고자 했던 하워드의 비전은 런던에서 전철로 20분 거리에 있는 '레치워스'를 통해 최초로 실현되었다.

그 무렵 근대건축국제회의를 이끈 르 코르뷔지에는 근대도시를 고층건물과 녹지화된 지상으로 이분화하자고 주장했다. 또한 도시는 주택가, 상가, 업무지구, 휴양지 등 용도에 따라 분리하고, 각 지역은 도로망으로 연결하되 자동차 도로와 보행자 도로로 구분해 안전과 효율을 도모했다. 그러는 사이 독일 바우하우스의 창시자 발터 그로피우스는 '단지' 형식을 창안했다. 표준화된 판상형 집합주택을 태양을 향해 나란히 배치한 단지는, 동과 동 사이는 자동

차가 다닐 수 없는 보행자 공간으로 꾸몄고, 단지 주위로는 도로를 배치한 일종의 근린주구 형태를 띠었다.

근린주구는 초등학교를 중심에 두고 간선도로를 경계로 하는 커뮤니티로, 자동차가 위협하지 않는 안전한 생활 장소로서 완결된 주거지를 계획단위로 조성해야 한다는 이론이다. 미국의 사회학자 클래런스 페리의 아이디어인 근린주구는 미국 뉴저지 주의 주택단지 '래드번'으로 구현되었다.

고층화, 표준화, 기능주의에 근거한 용도 분리 등으로 요약되는 근대도시이론은 2차세계대전까지 그다지 환영받지 못했다. 그러나 전후 도시 재건이 국가의 우선과제로 떠오르면서 본격적으로 수용되기 시작해 세인트루이스의 프루이트 아이고, 맨체스터의 흄, 암스테르담의 벨마미아 단지 등 전 세계 뉴타운의 이론적 토대가 되었다.

이렇게 지은 도시들은 오래지 않아 같은 문제에 부딪혔다. 우선, 건물의 고층화가 범죄율을 높였다. 엘리베이터라는 밀실을 유일한 이동수단으로 하는 개별화된 고층주택은 범죄를 저지르기에 적합한 곳이었다. 고층건물을 유지·관리하는 데 필요한 막대한 비용을 감당하지 못한 주민들이 하나둘 떠나면서 건물은 빠르게 슬럼화되었고, 의도적으로 만든 단지 내 공터는 관리비용을 높이는 한편, 제대로 관리하지 못할 경우 범죄소굴로 전락했다.

　기능별로 나뉜 도시는 만성적인 교통체증에 시달렸다. 인구가 분산되면서 활기를 잃었고, 텅 빈 도시의 밤은 나날이 흉포해졌다. 도심과 교외를 연결하는 수단으로 자동차가 이용되면서 에너지 소비도 급증했다. 통계를 보면, 교통부문에서 소비되는 에너지량은 전체 소비량의 3분의 1에 달한다. 구획을 정리하고 도시를 재개발하면서 확장한 도로는 그렇지 않아도 인구가 줄고 있는 도시의 쇠퇴를 가속화했고, 차도와 분리된 한적한 인도는 우범 지역이 되었다.

　셉테드는 잘 설계된 도시환경으로 범죄를 예방하려는 연구 분야로, 근대도시이론의 실패에 기초했다. 기자 출신 제인 제이콥스의 1961년 저서 『미국 대도시의 죽음과 삶』을 모태로 하는 셉테드는 레이 제프리, 오스카 뉴먼 등으로 이어지며 형태를 갖추었다. 뉴욕을 무대로 도시의 흥망성쇠 과정을 정교하고 치밀하게 기술한 제이콥스는, 상호 분리된 도시환경이 범죄를 부추긴다면서 '거리의 눈'을 해결책으로 제시했다. 학교, 병원, 집, 회사, 공원, 상점 등 여러 기능을 가진 건물을 도시에 혼재하게 해서 거리에 끊임없이 사람이 오가게 하면, 그곳에 익숙한 사람들의 눈이 범죄예방에 기여한다는 것이다. 제이콥스의 연구는 거리나 광장 같은 공공의 공간을 잘 만드는 일이 범죄예방의 첫걸음이라는 사실을 인식하게 만들었다.

　1971년 도시설계학자 레이 제프리는 환경설계와 범죄와의 상관관계를 연구한 『환경설계를 통한 범죄예방』을 발표했다(셉테드라는 명칭은 여기서 비롯되었다). 이듬해 건축가 오스카 뉴먼이 『방어공간』

에서 연립주택과 아파트 같은 공공주택의 공간관리 및 설계가 범죄와 어떤 상관성을 가지는지를 증명했다. 사회적 교류를 중요시한 제이콥스와 달리 범죄예방 자체를 목적으로 건물과 외부공간이 설계되어야 한다는 관점을 제시한 뉴먼의 연구는, 처벌이나 교화 위주였던 범죄예방 방침을 물리적 환경을 고려한 도시 설계로 전환하는 계기가 되었다.

예정된 파국, 두 개의 선택지

2010년 11월 CNN은 도시화가 확대되면서 3세계의 경우 전체 인구의 3분의 1이 슬럼화된 도시에서 살고 있으며, 전 세계적으로 매년 슬럼 인구가 600만 명씩 증가한다고 보도했다. 물론 개발도상국에서 도시 인구가 급속히 느는 것과 함께 정비작업도 빠르게 이루어져 슬럼 인구가 차지하는 비율이 1990년대 46퍼센트에서 최근 33퍼센트대로 떨어졌지만, 절대적인 도시 빈민 수는 급증하고 있다. 이대로라면 2020년 슬럼 인구는 전 세계 약 9억 명에 이를 것으로 추산된다.

슬럼화는 오늘날 전 세계 도시가 마주한 문제지만 3세계에서 특히 심화되고 있다. 신자유주의 이후 3세계 대도시들이 어떻게 빈곤화와 슬럼화의 길을 걷는지를 분석한 캘리포니아대학 역사학 교수 마이크 데이비스는, 그 원인을 농촌의 몰락에서 찾았다.

금융자본주의가 확장되던 지난 세기, 외화 채무 부담에 시달리던 3세계 국가들은 국제통화기금의 융자조건을 받아들여 공공부문과 농업에 대한 정부지원을 중단했다. 사회적 안전망을 잃은 농민은 홍작, 인플레이션, 농산물 가격하락 등 외부 충격에 고스란히 노출되면서 파산했고, 살길을 모색하기 위해 도시로 올라와 무허가 판자촌에 정주했다. 그러나 식민시대 유산을 이어받은 정부는 이를 해결할 만한 능력이 없었다. 슬럼의 문제는 정부의 무능력과 부패한 공무원들에 힘입어 온전히 시장에 내맡겨졌다.

이후 성장 없는 도시화가 계속되면서 부동산이 부를 축적할 유일한 방법이 되자, 고위 정부 관료와 밀착한 고소득층은 슬럼을 재개발, 재건축하면서 잇속을 챙겼다. 중산층 산업 자본가들은 화장실, 깨끗한 물처럼 슬럼에 없는 것들을 팔면서 돈을 벌었다. 도시 빈민이 간이화장실과 생수에 지불하는 돈은 중산층의 5배 이상이다. 이 과정에서 슬럼은 쓰레기 매립지, 산사태 우발 지역 등 인간이 살 수 없는 주변부로 밀려났다. 슬럼에서 빨아올린 돈은 슬럼 지역을 우회하는 도로를 닦고, 땅을 매입하는 등 '저들'과 '우리'를 구별짓는 데 사용되었다. 마이크 데이비스가 보기에 오늘날 슬럼은 사회의 자금줄이자 계급적·계층적 이해와 욕망이 충돌하는 장소이고, 반윤리와 비도덕이 일상화된 공간이자 재산권과 생존권이 투쟁하는 전쟁터다.

유엔인간정주위원회 국제도시문제 담당자 에두아르도 모레노는 "많은 도시당국이 그들의 도시에는 슬럼이 없고, 있다고 해도 극히 일부분에 지나지 않는다고 생각한다. 그러나 실제로는 도시가 커지면서 그만큼 슬럼도 확대되고 있다"고 말한다. 모든 도시는 (쪽방, 무허가주택, 월세방, 임대주택, 판자촌 등) 슬럼을 포함한다. 도시 빈민의 식수 공급, 위생, 토지에 대한 권리 등은 전 세계가 직면한 주요한 도전과제이자, 2005년 프랑스 '방리유 폭동'이 말해주듯 민감한 사회적 뇌관이다. 이는 슬럼이 지역적인 문제가 아니라 하나의 메커니즘이라는 것을 뜻한다. 마이크 데이비스는 "전 세계 슬럼에는 획일적이거나 일방적인 경향이 존재하지 않는다. 그럼에도 각양각색의 무수한 저항운동이 존재한다. 인류 연대의 미래는 새로운 도시 빈민이 전 지구적 자본주의 속 최악의 밑바닥 위치를 전투적으로 거부할 수 있는가에 달려 있다"면서 슬럼의 잠재된 위험을 우려했다. 그의 주장대로라면, 지금 같은 상황이 지속되는 이상 파국은 피할 수 없는 일이 된다. 수많은 학자들이 묵시록적 결말을 수정할 방법으로 '슬럼의 정치화'를 내놓은 이유다.

예언과 해법이 그렇다면 남은 건 단 하나. 슬럼을 '우리 안으로' 끌어들일 것인가, 아니면 차별과 착취와 억압과 배제를 '어쩔 수 없는 일'로 치부하며 방관할 것인가 하는 선택뿐이다.

◎ BOOK +···

『미국 대도시의 죽음과 삶』 제인 제이콥스 저, 유강은 역, 그린비, 2010

근대도시이론에 따라 설계된 뉴타운의 문제와 뉴타운이 퇴락해가는 과정을 면밀히 분석한 '셉테드 이론'의 선구적 도서다. 도시가 생명을 유지하고, 범죄와 타락에서 스스로를 보호하는 데에는 거창한 설계나 계획, 사방에 설치한 방범카메라가 아니라 작은 동네와 오래된 건물, 거리를 오가는 다양한 사람과 뛰노는 아이들로 충분하다는 사실을 실증적 사례로 입증한다.

『슬럼, 지구를 뒤덮다』 마이크 데이비스 저, 김정아 역, 돌베개, 2007

21세기 도시문제 가운데 난제로 꼽히는 슬럼의 속살을 들여다본다. 몇몇 기준에 따라 전 세계 슬럼을 유형화한 저자는, 슬럼의 원인이 신자유주의적 세계화에 있으며, 3세계 농촌의 몰락, 워싱턴 정치경제 권력의 비대화, 경제의 비공식화, 높은 실업률과 비정규직의 증가, 중산층의 탈정치화 등의 문제와 맞물려 있다고 결론짓는다. 슬럼의 잠재적 위험과 함께 제기된 '우리 안의 슬럼을 어떻게 처리할 것인가' 하는 윤리적 질문이 가슴을 무겁게 짓누른다.

CHRONOS 12

헌법

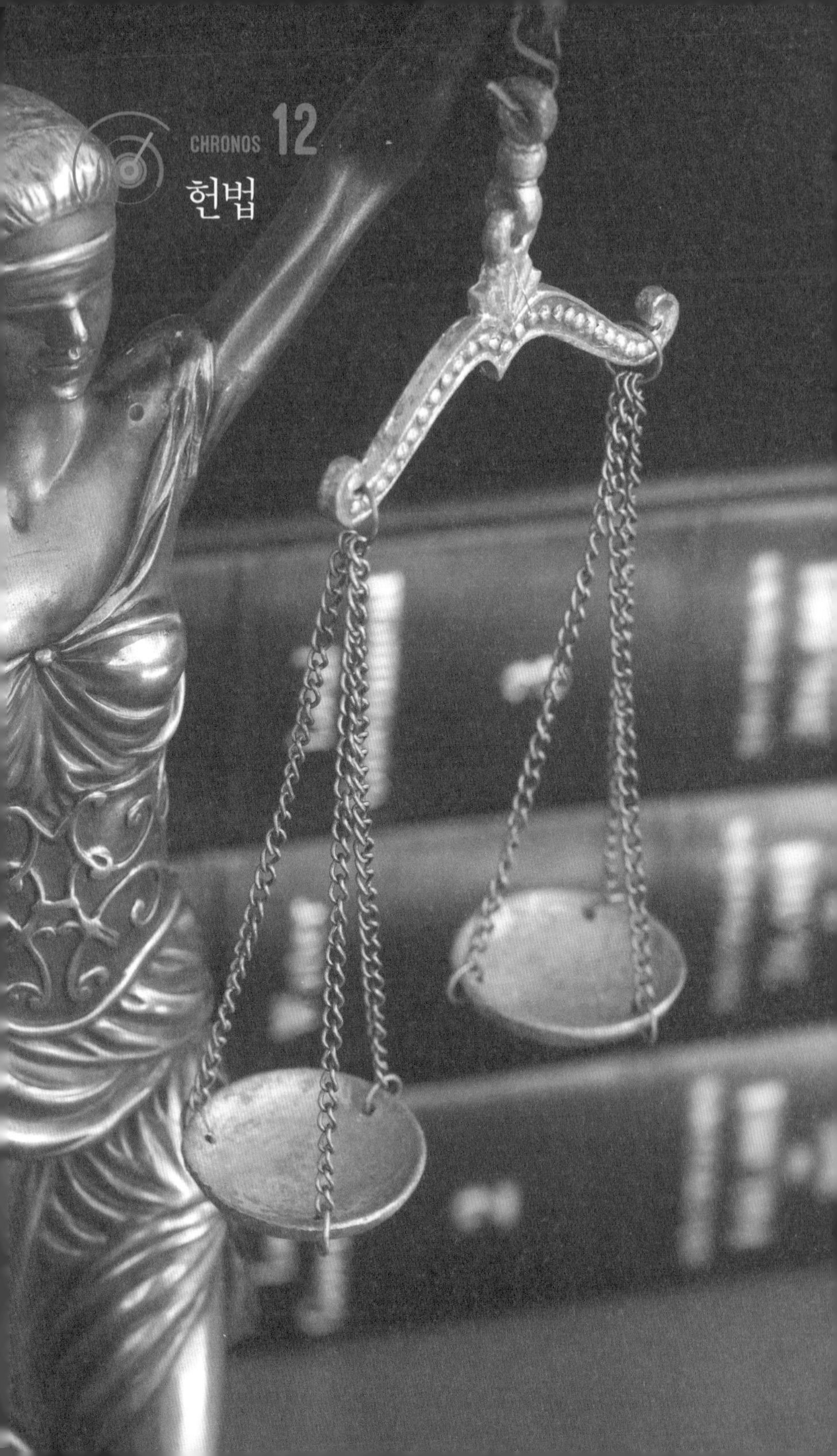

"세계의 위대한 고전
100권을 읽지 않은 학생은
졸업을 시키지 않는다."

— 로버트 허친스, 시카고대학 제5대 총장

1929년 시카고대학에서 시작된
고전 읽기 프로그램
'시카고 플랜'

시카고 플랜 이후
노벨상을 받은 졸업생
89명

― 시카고대학(1929~2016년 기준)

'위대한 고전 100권'에 포함된
헌법

"모든 입법 권한은 합중국 연방의회에 귀속하며
연방의회는 상원과 하원으로 구성한다."

― 미국 헌법 제1조 1절(1787년)

미국 사회가 지키려는
최고의 가치를 선언한
헌법 제1조

국가 권력의 체계를 강조한
헌법 제1조에 대한 우려

"개인에 대한 자유를 침해할 수 있고
중앙정부에 의해 독재가 일어날 수도 있다."

— 토머스 제퍼슨, 미국 독립선언문 초안을 작성한 인물

연방정부의 권한을 제한하고
개인의 권리를 규정한
수정헌법

"의회는 종교를 만들거나
자유로운 종교 활동을 금지하는 법률을
제정할 수 없다."

— 미국 수정헌법 제1조(1791년)

"언론·출판의 자유나 국민이 집회할 수 있는 권리,
정부에 청원할 수 있는 권리를 제한하는
어떠한 법도 제정할 수 없다."

— 미국 수정헌법 제1조(1791년)

노예제 완전 폐지

— 미국 수정헌법 제13조(1865년)

흑인 참정권 부여

— 미국 수정헌법 제15조(1870년)

여성 참정권 부여

— 미국 수정헌법 제19조(1920년)

시대에 따라 추가된
수정헌법 27조항의 핵심

개인의 기본권Basic Rights 강화

2차세계대전 발발 이후 독일
인류 역사상
가장 참혹한 인권 유린

국민이 선택한
국가 권력의 독재

처절한 반성 속에 만들어진
새로운 헌법의 첫 구절

"인간의 존엄성은 침해할 수 없다.
국가 권력은 이 존엄성을 보호할 의무를 진다."
— 독일연방 헌법 제1조 1항(1949년)

국가의 존재 이유에 대한
독일연방 헌법의 대답

"독일연방은 '인간의 존엄성'을
보호하기 위해 만들어졌다."

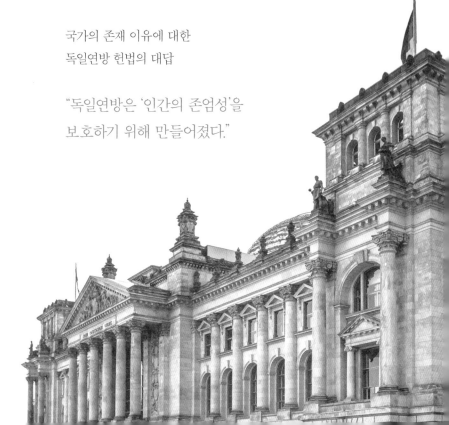

더 많이
더 자세히
더 명쾌하게

헌법이 규정한 국가의 의무
개인의 '기본권' 보호

"모든 사람은 적절한 주택에 접근할 권리를 갖는다.
어떤 법률도 임의적 퇴거를 허용하지 않는다."
― 남아프리카공화국 공헌법 제26조

"자녀의 양육과 교육은
부모의 자연적 권리이자 의무다.
부모가 이런 의무를 수행하는지
국가는 반드시 살펴야 한다."
― 독일연방 헌법 제6조 2항

"법률이 정하는 바에 따라 남성과 여성은
선출직 및 직업적 사회적 직책에
동등한 진출을 보장받는다."
― 프랑스 헌법 제1조 2항

"국가는 균형 잡힌 경제적 성장을 보증한다.
특히 실직과 인플레이션을 방지하고
그런 일이 없도록 싸운다."
― 스위스연방 헌법 제100조 6항

우리가 헌법을 읽어야 하는 이유

"미국 헌법 제정자들이 공유했던
헌법의 원칙은 훌륭한 가치였다.
개인의 자유에 대한 신념을
헌법에 반영했기 때문이다.
오늘날 우리는 이 헌법 정신을
잃을 위기에 처해 있다."

— 모티머 애들러 교수, 시카고대학 고전 읽기 프로그램 책임자

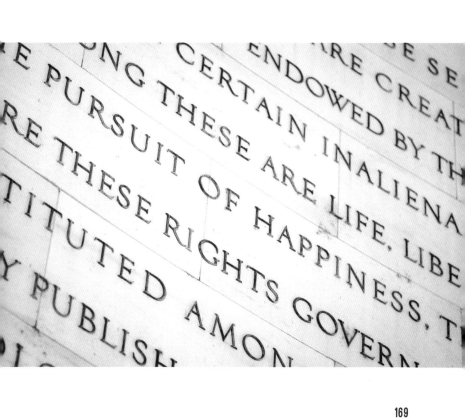

헌법의 기원은 대개 '마그나 카르타Magna Carta'에 둔다. 우리말로 '대헌장'으로 번역되는 마그나 카르타는 1215년 영국 존 왕의 실정을 견디다 못한 귀족들이 총 63개 조항에 당시 제반 문제에 관한 여러 규정을 담은 것이다. 비록 귀족들의 권리를 확인하기 위한 것이라고는 하지만 절대권력에 제한을 둔 최초의 '문서'라는 점에서, 무엇보다 17세기 영국 의회가 전제정치에 맞서 시민의 권리를 옹호할 최대의 '전거'가 되었다는 점에서 의미가 있다. 이때 불려나온 것이 마그나 카르타의 제39조 "자유민은 같은 신분의 사람들에 의한 적법한 판결이나 법의 정당한 절차에 따르지 않고서는 체포되거나 구금되지 않으며, 재산과 법익을 박탈당하지 않고, 추방되지 않으며, 또한 기타 방법으로 침해당하지 않는다"이다. 헌법의 역사는 귀족계급에 한정됐던 이 자유민의 범위와 권리를 넓히려 했던 시민들이 피로 써내려간 저항과 투쟁의 기록으로, 그 권리를 수호할 국가의 의무와 역할의 변천사로 요약된다. 권력의 형태와 구조는 어디까지나 시민의 기본권을 더 잘 보호하기 위해 고안된 부산물일 뿐이다.

영국 청교도혁명과 명예혁명의 결정結晶에 바탕을 두고, 훗날 프랑스혁명에 지대한 영향을 끼친 미국 독립선언문과 헌법은 영국과의 전쟁 중에 길어 올려진 결과였다. 당시 영국은 결과적으로 이기긴 했으나 프랑스와 '7년전쟁'을 치르며 어마어마한 적자에 시달렸고, 부족한 재정을 아메리카 식민지에 과중한 세금을 부과해 충당하려 했다. 세금을 안 내려는 자와 걷으려는 자의 힘 겨루기는 1773년 '보스턴 차 사건'으로 폭발했다. 그로부터 2년 후 식민지 거주민들은 "모든 사람은 평등하게 태어났으며 신은 그들에게 누구도 빼앗을 수 없는 몇 가지 권리를 부여했다. 여기에는 생명과 자유와 행복 추구의 권리가 포함된다"는 선언과 함께 독립전쟁에 돌입한다.

1781년 요크타운 전투에서 승리하며 완전한 독립을 이룬 식민지 거주민들은, 치열한 협의 끝에 독립선언문의 정신을 구현할 정치체제로 연방제를 정하고 1788년 그 내용을 헌법에 담아냈다. 하지만 일부 주들이 연방정부에 너무 많은 권력이 주어져 시민의 자유와 권리를 침해할 수 있다며 채택을 거부했다. 이에 의회는 재논의를 거쳐 1791년 연방정부의 권한을 줄이고, 시민의 마땅한 기본권을 조목조목 짚어 제1조부터 제10조까지 정리했다. 이것이 곧 미국 수정헌법의 '권리장전The bill of rights'이다.

이후 미국 헌법은 단 한 번도 개정되지 않았다. 다만 진보하는 시대정신에 따라 천부인권을 누릴 '모든 사람'의 범위를 점점 확대하고, 그 흔적을 헌법에 남겼다. 노예제를 폐지한 제13조, 흑인의 참정권을 인정한 제15조, 여성에게도 (마침내) 참정권을 부여한 제19조가 대표 사례다. 물론 이러한 사회적 합의에 도달하기까지 미국 사회는 '남북전쟁', '셀마-몽고메리 행진' 등 유혈사태를 대가로 치러야 했다. 셀마-몽고메리 행진은 1965년 3월 7일 아프리카계 미국인

들이 참정권을 요구하며 앨라배마 주의 셀마에서 몽고메리까지 86킬로미터 평화행진에 나서자 경찰이 셀마 시 경계에서 시위대를 폭력 진압한 사건으로, 수정헌법 제15조 제정에 촉매가 되었다.

1945년 8월 15일 해방을 맞은 한국은 1948년 7월 17일 제헌헌법을 공포하며 일제 식민지에서 곧장 민주공화국이 되었다. 덕분에 "대한민국 시민은 그 뜻을 정확히 알지 못하는 상태에서 사상과 표현의 자유, 집회와 결사의 자유, 공정한 재판을 받을 권리를 얻었다. 성평등이 대중적 의제가 되기도 전에 여성들이 참정권을 부여받았다. 산업화가 이루어지기도 전에 노동3권이 주어졌다." 이에 대해 작가 유시민은 "헌법 조문이 자유와 평등, 인권과 평화, 복지와 안정이라는 인간의 오랜 꿈을 실현하기 위해 고뇌하고 싸웠던 수많은 사람들의 땀과 눈물과 피로 쓰여야 마땅하건만, 대한민국 헌법은 충분한 대가를 지불하지 않고 손에 넣은 일종의 '후불제 헌법'"이라면서 "그 '후불제 헌법'이 규정한 민주주의 역시 언제고 반드시 값을 치러야 하는 '후불제 민주주의'"임을 되새겼다.

대한민국 헌법의 수난사

제헌헌법을 공포한 후 한국은 총 아홉 번 개헌했다. 그중 여섯 번이 권력자의 독재나 장기집권을 위한 것이었다.

첫 개헌은 1952년 부산에서 행해졌다. 정부측 안과 국회측 안을 적절히 뽑아 섞었다고 해서 '발췌개헌'으로도 불리는 이 개헌의 핵심은 4년/중임/간선제이던 대통령제를 5년/단임/직선제로 바꾸고,

국회를 상원과 하원의 양원제로 재편하는 것이었다. 이전에 치러진 총선에서 비호세력이 무더기로 낙선하자, 간선제로는 대통령 연임이 어렵다고 판단한 이승만이 국회에 압력을 가한 결과였다. 그렇게 1952년 7월 7일 군경이 국회의사당을 포위한 강압적인 분위기에서 기립투표로 개헌안이 통과되고, 재선에 성공한 이승만은 양원제를 도입해 국회와 권력을 나누겠다던 약속을 지키지 않았다.

2차 개헌은 앞서 5년/단임으로 바꾼 법조항 옆에 '단, 초대 대통령은 제외'라는 문구를 넣어 3선의 길을 열어두기 위해 단행되었다. 개헌에 필요한 의석 수는 국회 전체 203석의 3분의 2인 136석, 그러나 투표 결과 찬성표는 135표에 그쳤다. 이렇게 개헌안이 부결되나 싶던 그때 이승만은 묘수를 찾아냈다. 203의 3분의 2는 135.333…이지만 사람을 소수점으로 계산할 수는 없고, 이 경우 5 미만의 수는 버리는 것이 관행이므로 개헌정족수는 136표가 아니라 사사오입四捨五入한 135표라는 설명이었다. 그렇게 1954년 11월 29일 이른바 '사사오입 개헌'이 통과된다.

기상천외한 발상으로 3선까지 이뤄낸 이승만과 자유당은 내처 4선을 탐냈다. 하지만 장기독재에 대한 시민들의 불만이 워낙 높았던 상황이라 이승만 정부는 선거일을 여당에 유리한 3월 15일로 앞당기는 한편, 야권인사 탄압, 유령 투표용지 투입, 군경을 동원한 유권자 협박, 개표 조작 등 선거부정을 저질렀다. 그렇게 1960년 85퍼센트 득표율로 4선을 이뤄냈지만 '4·19혁명'으로 결국 하야한다.

이어 소집된 국회는 두 번 다시 이승만 정부 같은 정권이 나올 수 없도록 헌법을 손질했다. 대통령제는 양원제에 입각한 의원내각제로 바뀌었다. 또한 시민의 기본권 침해 금지, 헌법재판소 설치,

대법원장 및 대법관 선거제, 선거관리위원회의 헌법적 지위 강화, 일반 및 경찰공무원의 정치적 중립 제도화, 언론검열 금지 등을 명문화해 몇몇 유력인사가 초법적인 권력을 휘두르지 못하게 했다. 다만 권력에 빌붙어 민주주의를 훼손하고 부정부패를 일삼은 이들은 마땅한 법률이 없어 처벌하지 못했다. 이에 부역자들을 벌줘야 한다는 여론이 들끓고 급기야 학생 시위대가 국회까지 점거하자, 1960년 11월 29일 국회는 4차 개헌안을 의결하게 된다. 중요 내용은 3·15선거에서 부정행위를 저지른 자, 이승만 시절 공직에 있으면서 지위를 이용해 반민주적 행위를 하거나 재산을 모은 자들을 엄벌하는 것이었다. 행위 시에 범죄가 아니었던 일에 대해 이후 새로 법을 만들어 처벌할 수 없다는 '형벌불소급의 원칙'에 예외를 둬 논란이 된 이 법은, 1961년 5월 16일 육군소장 박정희의 군사정변으로 끝내 시행되지 못했다.

권력을 무력으로 탈취한 박정희는 제일 먼저 헌법을 고쳐 썼다. 의원내각제는 4년/중임/직선제의 대통령제로 되돌아갔다. 이에 따라 박정희는 1963년 대선에 출마해 당선되었고, 4년 후 연임에도 성공했다. 그리고 재임 중이던 1969년 대통령 3선을 가능하게 만들기 위해 다시금 헌법을 손봤다.

1971년 세번째로 대통령직에 오른 박정희는 이듬해 10월 17일 긴급조치를 발동해 국회를 해산, 모든 정치활동을 금하고, 전국에 비상계엄령을 선포한 뒤 헌법을 또 한번 바꿨다. 일본 메이지유신을 본떴다 해서 '유신헌법'으로 불리는 7차 개헌의 골자는 입법·사법·행정의 권한을 대통령이 지닌 종신집권, 사실상의 1인 독재였다.

독재는 1979년 10월 26일 중앙정보부장(현 국가정보원장) 김재규가 대통령을 살해하며 끝났다. 이어 잠시 해방의 시간이 도래하지만, 그해 12월 12일 육군소장 전두환이 군사정변으로 국회를 장악하고 1980년 5월 17일 전국에 비상계엄령을 내린데 이어, 5월 18일 광주민주화운동을 유혈진압하면서 긴 겨울 끝 '서울의 봄'은 찰나로 스러졌다.

전두환 신군부는 전임자들처럼 개헌부터 서둘렀다. 이로써 유신헌법의 독소조항은 폐기되고, 시민의 기본권은 새로이 기록되었으며, 대통령제는 7년/단임/간선제로 바뀌었다. 언뜻 민주적이고 세련된 법률이었지만 문제는 국가의 법 의지였다. 신군부 시절 법과 제도는 사실상 유명무실해서, 시민과 반정부세력에 대한 탄압이 지속되었다. 당연히 민주주의를 요구하는 시위가 끊이지 않았다. 시위대의 요구는 직선제로의 개헌이었다. 현행법대로 선거인단이 대통령을 뽑도록 하는 간선제를 시행하면, 군사정권이 권력을 제 편으로 이양할 게 뻔했기 때문이다. 이에 대해 신군부는 1987년 4월 13일 "(88)올림픽이 코앞이라 개헌 논의는 다음 정권으로 미룬다"는 요지의 '4·13 호헌조치'로 응수하는데, 이것이 결국 자충수가 되었다.

1987년 5월 18일 천주교정의구현전국사제단이 '박종철 고문치사 사건'을 폭로했다. 같은 해 6월 9일 반정부 시위에 나섰던 대학생 이한열이 최루탄에 맞아 숨졌다. 그런데도 6월 10일 정부 여당이 전두환과 군사정변을 주도한 노태우를 대선후보로 지명하자, 반정부 시위의 주축이던 학생, 야당, 성직자, 공장 노동자들은 물론 대학교수와 회사원들까지 거리로 뛰쳐나왔다. 100만 시민의 저항은 스무날 밤낮으로 지속되었고, 6월 29일 정부는 마침내 직선제 개헌을 수용했다.

1987년 10월 29일 공포된 새 헌법은 일단 대한민국이 임시정부의 법통을 잇는다는 사실을 적시했다. 대통령제는 5년/단임/직선제로 바뀌었고, 국회해산권 폐지, 대법관제 및 헌법재판소 부활 등을 통해 삼권분립을 다졌다. 지난날을 반면교사로 삼아 군의 정치적 중립을 의무화했으며, 언론검열 폐지, 집회 및 결사의 자유 보장, 최저임금제 시행, 노동자 단체행동권 보장, 사회적 약자 권익 보호, 체포 및 구속 시 가족 통지의무 명시 등 시민의 기본권도 보장했다. 이것이 지금의 '87년 헌법'이다.

정치권에서 개헌은 때마다 제기되는 단골 이슈였지만, '정권 연장' 같은 정치적 노림수가 있었기에 번번이 거부되어 왔다. 하지만 '박근혜 게이트'로 인해 2017년 3월 10일 헌정 사상 최초로 대통령 탄핵이 가결되자, 최고 권력자 한 사람에게 과도한 힘을 실어주는 현행 헌법의 한계를 지적하는 목소리가 힘을 얻었다. 개헌의 중핵은 역시나 권력구조 개편이다. 권력을 국회에 일임하는 '의원내각제', 대통령의 권한을 총리와 나누는 '이원집정부제', 대통령 임기를 현행 5년에서 4년으로 줄이되 한 차례 더 집권을 허용하는 '대통령/4년/중임제' 등 제시된 여러 안 중에서, 대통령/4년/중임제가 가장 유력한 상태다.

이를 두고 정치권, 법조계, 시민단체는 찬반양론으로 분분하다. 찬성측은 '87년 헌법'이 달라진 시대정신을 충분히 반영하지 못한다는 전제에는 동의한다. 다만 개헌의 이유가 시민의 기본권을 확장하고 보호하기 위한 것이므로 논의의 주체도 정치인이 아니라 시민이어야 하고, 변화한 시대만큼이나 다양해진 시민의 목소리와 미래에 대한 요구를 최대한 많이, 자세히, 공들여 취합해 헌법에 구체적으로 명시해야 한다고 주장한다. 이는 스위스, 독일, 남아공 등 '헌법 선진국'들이 제시한 최근 흐름이기도 하다. "모든 국민은 법 앞에 평등하다. 누구든지 성별·종교 또는 사회적 신분에 의해 정치적·경제적·사회적·문화적 생활의 모든 영역에 있어서 차별받지 않는다"가 한국 헌법에 명시된 평등이라면, 남아공 헌법은 "평등은 모든 권리와 자유에 대한 완전하고도 동등한 향유를 포함한다. (…) 국가는 인종, 젠더, 생물학적 성, 임신 및 혼인 여부, 사회적 출신, 피부색, 성적 지향, 나이, 장애, 종교, 양심, 믿음, 문화, 언어, 출생 등을 이유로 누구도 직접 혹은 간접적으로 차별해서는 안 된다"며 200자 원고지 다섯 장 분량으로 상세히 적고 있다.

반면 개헌 반대파들은 '87년 헌법'도 충분히 민주적이며, 오늘날 여러 사회문제들은 법이 아니라 정부의 부족한 법 의지 때문에 발생하는 것이라고 말한다. 개헌을 통해 '제왕적 대통령제'를 제어하기에 앞서 현행 헌법과 법률로도 충분히 폭주하는 권력을 견제할 수 있다는 지적이다.

현행법상 개헌 과정은 다음과 같다.

1. 국회 재적 의원 과반수 또는 대통령이 개헌안 발의
2. 시민의 알 권리를 충족시키기 위해 20일 이상 헌법 개정안 공고
3. 국회 의결: 재적 의원 3분의 2 이상 찬성
4. 국회 의결 후 30일 이내 시민 투표: 만 19세 이상 선거권자 과반수 투표, 투표자 과반수 찬성
5. 확정된 개정안 대통령 공포

WISŁAWA SZYMBORSKA

TOULOUSE-LAUTREC

MARIE HENRI BEYLE

MERCEDES SOSA

OLIVER SACKS

THE WHITE HELMETS

KAIROS **13**

그녀들

침대에서 눈뜨는 아침

거울을 보고
몸을 단장하는

그녀들

추한 장르

참을 수 없는 뻔뻔함

매독의 악취가 코를 찌른다

비난의 이유
모자

남자의 존재를 암시하는
모자

그녀들의 직업
매춘부 La Fille

이국적 신비로움
유혹적 미소
관능적 육체

은밀한 호기심과
욕망의 대상이었던
그녀들

그러나

우악스러운 육체
적나라한 일상

환상을 걷어낸 불편한 그림

"당신은 왜 그렇게
여자들을 추하게 그리나요?"

"나는 내 눈에 보이는 대로 그린 것뿐입니다."

화가 툴루즈 로트레크Toulouse Lautrec, 1864~1901

프랑스 귀족 가문에서 태어났으나
152센티미터에서 성장을 멈춘 키

사냥과 승마
귀족의 취미에서 소외된 채
몰두했던 그림

19세기 말 파리
유흥과 낭만을 좇아
도시로 흘러든 자본과 사람

그리고 일자리를 좇아
도시로 흘러든 노동계급 여성

그중 유흥업에 종사한
약 7만 명의 여성들

욕망과 쾌락의 대상이었던
약 7만 명의 여성들

화가의 눈에 비친 그녀들의
체념
피로
일상

평범한 하루가 있는 그녀들의 삶

"외면적으로 그럴듯하게 그리기는 쉽다.
그러나 그것이야말로 가장 그럴듯한 거짓말이다."

로트레크는 출판 직전
작품집의 제목을
매춘부를 뜻하는 'La Fille'에서
일반 여성을 일컫는 'Elles'로 바꾼다

앙리마리 레이몽 드 툴루즈-로트레크-몽파
는 1864년 11월 24일 프랑스 알비에서 태어났다. 긴 이름이 일러
주듯 유서 깊은 백작 집안의 자제였던 그는 부모에게서 재산, 고급
취향, 예술적 안목과 더불어 '농축이골증'이라는 유전질환을 물려
받았다. 농축이골증은 일종의 소인증으로, 손가락이 짧고 뼈가 약
해 쉽게 부러지는 특성을 보인다. 이 같은 유전병으로 로트레크는
애초부터 사회가 요구하는 '늠름한 남성'이 될 수 없는 운명이었다.
그런데다가 십대 중반 두 차례 낙상으로 양쪽 허벅지 뼈가 차례로
골절된 후로는 성장이 거의 멈추었다. 그 결과 로트레크는 "머리와
몸통은 보통인 데 반해 팔다리는 짧고 굵었고, 손가락은 곤봉 모
양이었다. (…) 큰 콧구멍과 쑥 들어간 턱에 입술은 두툼하고 볼록
한데다가 유난히 붉었고, 혀 짧은 소리를 내며 침을 자주 흘리고
늘 코를 훌쩍였다. 근시로 인해 코안경을 썼고, 정수리에 난 숫구멍
이 영아기가 지나도 닫히지 않아서 실내에서도 늘 모자를 써야 했
다."
　평범하지 않은 외모로 인해 로트레크는 자기 자신과 가족, 특히

TOULOUSE-LAUTREC

강한 남성성을 과시하던 아버지와 내내 불화했다. 승마, 사냥 같은 당시 귀족의 취미를 즐기기는커녕 공교육조차 일찌감치 접어야 했다. 1872년 파리의 학교에 진학했으나 건강 악화로 3년 만에 고향으로 돌아온 그는 외부와의 접촉 없이 개인교습만으로 학업을 마쳤다. 이 과정에서 교양의 일부이자 치료의 일환으로 미술과 만났고, 곧 스스로에 대한 모멸감과 억눌린 욕망을 그림으로 승화하며 세상과의 소통을 시도했다.

어두운 욕망들의 거리

1882년 부친의 반대를 무릅쓰고 파리로 건너간 로트레크는 아카데믹풍 화가 레옹 보나 밑에서 그림 수업을 받았다. 얼마 후 보나가 화실을 닫자 비슷한 화풍의 페르낭 코르몽의 화실로 옮겨 5년간 적을 두었다. 이곳에서 로트레크는 에밀 베르나르, 빈센트 반 고흐 등과 친분을 쌓고, 에두아르 마네, 카미유 피사로, 에드가 드가 등 당대 인상주의 화가들을 스승으로 받들었으며, '벨 에포크belle époque(좋은 시절)'의 무드를 예술적 원천으로 삼았다. 벨 에포크는 프로이센-프랑스 전쟁이 끝난 1871년부터 1차세계대전이 발발하는 1914년까지 '낭만의 도시'로서의 파리를 일컫는다.

19세기 말 프랑스는 유례없는 평화와 번영의 시기를 맞았다. 1870년 나폴레옹 3세가 개전한 프로이센-프랑스 전쟁은 이듬해 2월 프랑스가 프로이센에 배상금을 지불하는 것으로 마무리되었다. 그해 3월 왕정복고를 꾀하는 반동세력에 맞서 꾸려진 민중의 정부, 파리 코뮌은 수립 72일 만에 사상자 2만여 명을 내고 해체되었다. 전쟁과 혁명을 끝낸 프랑스는 정치적 안정을 바탕으로 산업혁명을 이루었고, 제국주의의 비호 아래 사회적 부를 폭발적으로 증가시켰다. 1889년 파리에서 열린 만국박람회와 이를 기념한 에펠탑은, 당시 프랑스가 이룬 경제적·산업적 성취를 알리는 상징물이었다.

에펠탑, 아케이드, 만국박람회가 상품 자본주의의 신화를 뽐낼 때, 파리의 뒷골목은 산업화의 여파로 농지를 잃고 도시로 일자리를 찾아온 사람들로 들끓었다. 그중에서 시 외곽의 몽마르트르는 저렴한 집세 덕에 일찍부터 가난한 이들에게 주목받았는데, 거주민 대부분이 세탁소, 모자 상점 같은 작은 가게와 카바레, 뮤직홀, 윤락업소 등 부르주아의 은밀한 욕망을 충족시키는 서비스업에 종사했다.

달동네에 불과했던 몽마르트르는 파리 코뮌 기간 동안 정부군에 유혈 저항한 대표 지역으로 국제적인 명성을 얻었고, 이후 반사회적 인사와 예술가 들의 아지트가 되었다. 그곳에서 귀족, 좌파 지식인, 작가, 막간극 배우, 매춘부, 서커스 단원, 도박사, 여공, 마부들은 한데 어울렸다. 질서와 관습을 부정하는 보헤미아니즘이 만연했고, 날마다 새로운 예술이 실험되었다. 그 역동성과 분방함에 홀려 1884년 몽마르트르에 정착한 로트레크는 대도시, 산업화, 자본주의의 이면을 가까이에서 포착해냈다. 그러다 1889년 카바레 '물랭루주Moulin Rouge(붉은 풍차)'가 개장한 다음에는 아예 이곳으로 근거지를 옮겨, 잔느 아브릴, 라 굴뤼 등 무용수들의 모습과 업소 포스터를 그리는 일에 전념했다. 더불어 인상주의의 영향으로 여성 노동자에 두었던 관심도 자연스럽게 더 낮은 계급의 여성, 즉 매춘부들로 이동했다.

혐오와 숭배 사이의 여성

1896년 로트레크는 물랭루주 언저리에서 얻은 이미지들을 묶어 채색석판화 연작 〈그녀들Elles〉을 내놓았다. '목욕물을 받아놓고 쓸쓸히 손거울을 들여다보고, 남성의 존재를 암시하는 모자가 걸린 방에서 머리를 손질하고, 말쑥한 남성 고객의 만족스러운 눈길을 받으며 코르셋을 조이고, 마담이 침대로 날라주는 아침상을 받고, 스타킹에 구두만 걸친 채 침대에 널브러진 여성'을 사실적으로 묘사한 로트레크의 관점은, '이상화된 여성'을 통해 인간을 찬미했던 미술사의 전통은 물론, 그 시절의 사회 통념에서도 완전히 벗어난 것이었다.

영국의 미술평론가 존 버거에 따르면, 남성 중심 사회의 오랜 관행에 따라 남성은 보는 존재로, 여성은 보여지는 존재로 나고 자란다. 남성은 행동하는 주체, 세상을 만드는 주체인 반면 여성은 타자화된 대상, 남성의 잣대에 자신을 끼워 맞춰야 하는 대상이었다. 누드화는 이 같은 시선의 역학을 가장 적나라하게 보여주는 미술 장르다. 여성을 주요 소재로 삼는 "누드의 주인공은 (…) 그림 앞 관객이며, 남자로 상정된다. 모든 것이 그를 향하고, 모든 것이 그가 거기에 있는 결과인 것처럼 보여야 한다. 그림 속 인물이 누드가 되는 것은 그를 위해서다."

이때의 여성은 '있는 그대로의 여성'이 아니다. 누드화 속 여성의 몸은 남성의 눈에 잘 보이기 위해, 그의 성적 욕망을 효과적으로 불러일으키기 위해 새로이 '구성'된 것이다. 얼굴은 이 사람에게서, 가슴은 저 사람에게서, 다리와 어깨와 손은 각각 또 다른 사람에게서 가져와 '완전'하게 조립된 여성의 몸은, 그 자체로 눈부신 볼거리이자 인간(남성)의 위대함을 노래하는 수단이 되었다.

이 같은 성적 불평등은 19세기 아카데미 미술에서 절정에 달했다. 여기에는 사회적 이데올로기가 강력하게 작용했는데, 당대 시인과 작가, 도덕주의자 들은 '순수하고 거룩한 존재'로 여성을 떠받들고 '낭만적인 사랑'을 조장했다. 이에 따라 여성의 '기능'도 둘로 나뉘어, 현숙한 아내는 가사와 양육을 맡고, 요망한 매춘부는 남성의 성적 쾌락을 위해 복무하는 일이 당연시되었다.

그 결과 창녀의 지위가 크게 높아졌다. 기 드 모파상, 에밀 졸라 등은 창녀를 '그랑드 오리종탈Grandes Horizontales(위대한 수평선)', 즉 '바닥에 누운 여신'으로 추켜세웠다. 귀스타브 플로베르는 작품 속 주인공의 입을 빌려 "내가 진정으로 행복을 느낄 수 있는 유일한 곳"이라며 사창가를 찬양했다. 그러나 실상 여성숭배와 여성혐오는 여성을 타자화한다는 측면에서 본질적으로 유사하다. 여성이 단지 여성이라는 이유로 찬양받는다면 같은 이유로 혐오할 수 있기 때문이다. 즉, 여성을 '한 떨기 꽃', '신비로운 대지'로 추앙하는 것과 '걸레', '꽃뱀'으로 폄하하는 것은 복잡하고 다채로운 인간으로서의 여성을 배제한다는 점에서 다르지 않다.

〈그녀들〉은 바로 이 맨 얼굴의 여성들에 대한 기록이다. 이젤 앞에 앉은 순간부터 로트레크의 관심사는 줄곧 '사람'이었고, 그의 그림은 대상에 대한 '감정과 편견 없음'을 특징으로 하는데, 이것이야말로 일생 풍자만화의 '소재'이자 동정의 '대상'으로 살았던 화가가 세간의 폭력적인 시선에 응답한 방식이었다. 영국의 미술사가 버나드 덴버가 평한 대로 로트레크는 "부유한 배경으로 인해 (⋯) 세상을 관찰하는 일에만 전념할 수 있었다. 그는 진정한 화가답게 (⋯) 사실을 추구했고, 편견이나 생각을 왜곡하는 가공과 환상을 경멸했다. 그는 진실을 찾기 위해 현실을 뒤집거나 존재하지 않는 무언가를 묘사하기 위해 애쓰지 않았다. 그는 자신의 외모를 감수했다. 많은 사람들이 하는 대로 어떻게 보이는가에 집중하기보다는 진정으로 무엇인가를 보았다."

툴루즈 로트레크는 1901년 9월 9일 알코올중독으로 숨졌다.

◉ BOOK + ···

『다른 방식으로 보기』 존 버거 저, 최민 역, 열화당, 2012

영국의 미술평론가 존 버거가 회화 혹은 이미지를 보는 '다른 방식'을 일러준다. 발터 베냐민에 빚진 복제 이미지에 대한 단상, 여성 누드 '장르'의 기원을 추적하는 짧은 에세이 등을 통해 지극히 자연스럽고 당연한 것으로 여겼던 '보는' 행위가 사실은 지극히 이데올로기적인 것이며, 백인/남성/지배계급의 이해에 복무한다는 점을 폭로한다. 적재적소에 삽입된 이미지와 쉬운 글쓰기가 녹록치 않은 논지를 이해하도록 돕는다.

시인의 마지막 인사

솟구치는 말들을
한마디로 표현하고 싶었다

있는 그대로의 생생함으로

사전에서 훔쳐
일상적인 단어를 골랐다

열심히 고민하고
따져보고 헤아려보지만
그 어느 것도 적절치 못하다

그들이 누구였는지
무슨 일이 일어났는지

지금 내가 듣고 쓰는 것
그것으론 충분치 않다

나는 바란다
그것이 하나의 단어로 표현되기를

피로 흥건하게 물든 고문실 벽처럼
내 안에 무덤들이 똬리를 틀지언정
나는 정확하게 분명하게 기술하고 싶다

—「단어를 찾아서」(1945년) 중에서

5년간
무려 130여만 명이 학살된
폴란드의 소도시 오시비엥침

1945년
나치가 떠난 자리를 채운
소련의 사회주의

"예술의 궁극적 목적은
피지배계급을 사회주의 이념에 맞춰
개조하고 교육하는 데 있다."

정치적 도구가 되어버린 예술

절망한 많은 작가들은
망명하거나 절필을 선언한다

그러나

모든 전쟁이 끝날 때마다
누군가는 청소를 해야만 하리

시체로 가득 찬 수레가
지나갈 수 있도록

다리도 다시 놓고
역도 새로 지어야 하리

―「끝과 시작」(1993년) 중에서

야만의 역사를
끝까지 응시했던 시인

우리는
아무런 연습 없이 태어나서
아무런 훈련 없이 죽는다

우리가 세상이란 이름의 학교에서
가장 바보 같은 학생일지라도

여름에도 겨울에도
낙제란 없는 법

─「두 번은 없다」(1957년) 중에서

단순하면서도
다정한 위트

많은 기적들 중 하나:
공기처럼 가볍고 조그만 구름 하나가
저 무겁고 거대한 달을 가릴 수 있다는 사실

─「기적을 파는 시장」(1986년) 중에서

삶의 놀라움과 진리를
소박한 언어로 담아낸
폴란드의 국민 시인

"시인은 우리에게 커다란 선물을 남겨주었다.
평범하지만 아름다운 삶의 단면들을
새롭게 발견할 수 있도록 해주었으므로."

— 브로니스와프 코모로프스키, 폴란드 전 대통령

1996년
노벨문학상 수상

"저는 별다른 야심 없이 살아왔던 것 같아요.
'시 하나가 완성되었으니 다음에는 어떤 시를 쓸까'
그 생각에만 빠져 지냈지요."

시인에게 가장 중요한 일은
'지우는 것'이라 생각했던 그는

2012년
마지막 시집을 완성하지 못한 채
세상을 떠난다

그리고
세상에 나온
미완의 유고 시집

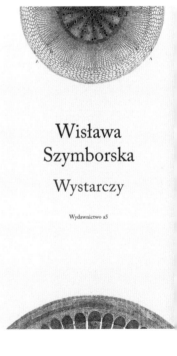

제목은
주어도 목적어도 없는
한 단어

충분하다

"나는 참으로 길고, 행복하고,
흥미로운 생을 살았습니다.
그리고 유달리 인복이 많았습니다.
(…)
이러한 사실에 대해 운명에 감사하며,
내 삶에 일어났던 모든 일들에 화해를 청합니다."

— 비스와바 심보르스카Wisława Szymborska, 1923~2012

비스와바 심보르스카는 1923년 7월 2일 폴란드 쿠르니크에서 태어났다. 이듬해 토룬으로 거처를 옮겼고, 몇 년 후 다시 크라쿠프로 이주한 다음 평생을 그곳에서 살았다. 크라쿠프는 폴란드에서는 오시비엥침, 독일에서는 아우슈비츠로 부르는 도시에서 동쪽으로 50킬로미터 정도 떨어진 폴란드의 옛 수도다.

시대가 시대고 장소가 장소인 만큼 심보르스카의 생은 온통 전쟁과 살육, 이데올로기로 얼룩졌다. 18세기부터 프로이센, 러시아, 오스트리아에 의해 분할 통치되었던 폴란드는 1차세계대전을 기회로 삼아 1918년 11월 11일 독립했다. 하지만 기쁨도 잠시, 독립운동의 영웅이자 초대 대통령이었던 유제프 피우수트스키가 1926년 군사정변으로 정권을 장악하고, 이후 독일과 협력관계를 맺으면서 급속히 파시즘화되었다.

피우수트스키 독재정부는 주변 정세가 심상치 않게 돌아가자 자구책으로 1932년에 소련과, 1934년에는 독일과 불가침조약을 맺었다. 그러나 1939년 9월 1일 히틀러가 약속을 깨고 폴란드를 침공하면서 2차세계대전이 발발했다. 동시에 폴란드의 서부는 독일에, 동부는 소련에 분할 점령되었다. 당시 폴란드는 유럽에서 소련을 제외한 유대인 최대 거주지이자 반유대주의가 가장 팽배했던 곳으로, 나치는 이 같은 간극을 이용해 1940년 오시비엥침에 '죽음의 수용소'를 세웠다. 수용소는 2호, 3호로 수를 불려나갔고, 폴란드는 전쟁 기간 가장 많은 유대인을 (심지어 종전 후 수용소를 나와 고향으로 돌아온 유대인까지) 학살한 국가이자 가장 많은 유대인을 구한 국가가 되었다.

전쟁으로 학교가 폐교되면서 심보르스카는 지하 벙커에서 비밀리에 수업을 들었다. 나치의 강제징용에 끌려가지 않으려고 철도원으로 일하기도 했다. 이 시기 심보르스카는 글보다 그림과 영화에 더 관심이 많았다.

1945년 8월 15일 2차세계대전이 끝났다. 전쟁 기간 동안 폴란드 정치인과 지식인 들은 프랑스 파리에 망명정부를 세우고, 자국에서 활동하는 국내군과 인민군을 원격 지휘했다. 1944년 8월, 독일의 패색이 짙어지자 망명정부는 소련군의 진격 속도에 발맞춰 수

도 바르샤바에서 무장봉기를 기획했다. 폴란드 내 독일군을 몰아
내는 데 힘을 보태고 소련군보다 먼저 바르샤바를 해방시켜서, 당
시 한창 세력을 키워가던 소련의 괴뢰집단 '폴란드 민족해방위원회'
에 우위를 점하려는 목적이었다. 그리하여 8월 1일 폴란드 국내군
과 인민군이 일제히 무장봉기를 일으켰다. 하지만 독일군을 몰아
내며 바르샤바로 향하던 소련군은 입성 직전에 진격을 멈췄다. 이
에 대해서는 폴란드 내 반공산주의 세력을 제거하기 위해 스탈린
이 내린 결정이라는 해석이 지배적인데, 실제로 독일군이 떠난 후
바르샤바를 접수한 소련군은 폴란드 정치범들을 죽이거나 수용소
에 감금했다. 이후 폴란드는 소련의 위성국가로 전락하게 된다.

  소련군은 오지 않고 연합군의 도움도 닿지 않는 상황에서, 바르
샤바 시민들은 63일간 고립무원으로 독일군과 싸웠다. 그 결과 시
민 24만 명, 오시비엥침 수용자 60만 명이 무참히 살해되었지만,
1989년 동유럽 사회주의 체제가 무너질 때까지 사건은 철저히 비
밀에 부쳐졌다.

'바르샤뱌 봉기'로부터 3개월이 지난 1945년 1월, 심보르스카는 폴란드 작가들이 개최한 '문인의 밤' 행사에서 반나치 저항시인 체스와프 미워시를 만나 큰 감명을 받는다. 그리고 두 달 후 〈폴란드 일보〉에 「단어를 찾아서」를 게재하며 등단한다. 독일의 사상가 테오도어 아도르노가 "더이상의 서정시가 불가능해졌다"고 말한 장소, 모든 언어가 무너졌다고 여겨진 바로 그 자리에서 심보르스카는 자신의 시를 시작했다.

  저항과 탈주 너머의 작가

  1949년 스탈린의 비호 아래 폴란드통일노동당은 사회주의 체제로의 전환을 서둘렀다. 동시에 폴란드 문단은 예술 창작의 단 하나의 방법론으로 '사회주의 리얼리즘socialist realism'을 강요받았다. 사회주의 리얼리즘은 1920년대 말 소련에서 제창된 문학예술 사조로, 예술의 궁극적인 목적은 프롤레타리아트를 사회주의 이념에 맞춰 사상적으로 개조하고 교육하는 데 있으며, 예술가는 혁명적 발전을 역사성의 기준으로 삼아야 한다고 규정했다. 그러나 예술을 정치화해 노동자의 해방을 견인하려 했던 애초의 의도가 스탈린의 독재 및 철권정치 아래 무력화되면서, 본연의 의미를 잃고 당의 선전·선동에 복무하도록 길들여졌다.
  당이 온갖 검열과 탄압으로 창작의 자유를 제한하자 폴란드 문인들은 활동을 중단하거나 해외로 망명하는 것으로 저항했다. 그러나 심보르스카는 떠나지도, 절필하지도 않았다. 오히려 1952년 첫 시집 『우리가 살아가는 이유』를, 1954년에는 『나에게 던지는 질문』을 펴냈다. 살육이 횡행하던 야만의 시대, '폴란드의 (특수한) 슬픔'으로만 환원되지 않는 종의 폭력 앞에서 심보르스카는 인간의 인간다움을, 고독한 개별 주체들의 연대를 노래했다. '역사'라는 추상적인 흐름 속에 '이름 없는 자'로 버림받은 개인들의 실존에 주목하며 전체주의에 맞섰고, 목숨 달린 것들을 애정으로 돌아보며 인류의 평화로운 공존을 제안했다. '위대한 평이성'의 언어로 생사의 이분법을 폐기, 죽음을 삶의 일부로 덤덤히 받아들임으로써 생에 대한 의지를 역설적으로 되새겼다. 한국외대 폴란드어과 교수 최성은은 이를 노장老莊의 상생적·유기론적 자연관과 연관짓기도 했다.

"진정한 시인이라면 자기 자신을 향해 끊임없이 '나는 모르겠어'를 되풀이해야 한다"고 믿었던 심보르스카는 고정된 것, 확고한 것, 당연한 것을 움직이는 것, 모호한 것, 낯선 것으로 감각했다. 역사의 비극적 현장을 목격한 바 "살인자들, 독재자들, 광신자들 (…) 권력을 쟁취하기 위해 싸우는 정치가들의 문제는 그들이 '알고 있다'는 사실"에 있으며, 역사의 비극도 여기서 비롯되었기 때문이다. 변화하는 세계, 손가락 사이로 빠져나가는 단어를 붙잡으려 부단히 애쓰며 심보르스카는 『소금』『애물단지』『만일의 경우』『끝과 시작』『콜론』 등 시집 십여 권과 산문집 『요구하지 않은 낭독』에 그 미끄러짐의 흔적을 남겼다.

평범함은 없다

비스와바 심보르스카는 "모차르트의 음악같이 잘 다듬어진 구조에, 베토벤의 음악처럼 냉철한 사유 속에서 뜨겁게 폭발하는 그 무엇을 겸비했다"는 찬사와 함께 1996년 노벨문학상을 받았다. 일생을 시어를 고르고 다듬는 일에 바쳤던 심보르스카는 수상소감을 통해, 모든 것이 균일화된 오늘날 시(인)의 존재 의미를 다음과 같이 되새겼다.

"개별 단어를 가지고 일일이 고민할 필요가 없는 일상 대화에서는 모두들 거리낌 없이 이런 표현들을 쓰곤 합니다. '평범한 세상', '평범한 인생', '평범한 삶의 과정'… 그러나 단어 하나하나가 모두 의미를 갖는 시어의 세계에서는 그 어느 것 하나도 평범하거나 일상적이지 않습니다. 그 어떤 바위도, 그리고 그 위를 유유히 흘러가는 그 어떤 구름도, 그 어떤 날도, 그리고 그 뒤에 찾아오는 그 어떤 밤도, 무엇보다 그 어떤 존재도. 이것이야말로 시인들은 언제 어디서나 할 일이 많다는, 그런 의미가 아닐는지요."

비스와바 심보르스카는 2012년 2월 1일 폐암으로 숨졌다.

◎ BOOK + ··

『끝과 시작』 비스와바 심보르스카 저, 최성은 역, 문학과지성사, 2007

비스와바 심보르스카의 초기작부터 후기작까지 망라한 시선집이다. 번뜩이는 심상, 뜻밖의 위트, 허를 찌르는 역설과 은유로 사람과 사물, 세계와 역사를 따뜻하면서도 날카롭게 통찰한다. 도무지 고정되지 않는 의미를 붙잡기 위해 일생을 고심했던 시인의 명징한 단어들이 한겨울 정화수처럼 머리를 깨운다.

KAIROS **15**

지붕 위 여자

© 국립민속박물관

1931년 5월 29일 새벽
평양 을밀대

우두커니 앉아 있는
지붕 위 여자

스물두 살
결혼 2년 만에
독립운동 하다 죽은 남편

"남편 잡아먹은 년!"

시댁에서 억울하게 쫓겨난 후에도
가난한 친정 식구들을
먹여 살려야 했던

평원 고무공장
5년 차 여공

1920년대
승승장구하던
고무 산업

하지만
환기 시설 하나 없는 공장

하루 15시간
쉴 틈 없이 일해도

일본인 노동자의
4분의 1에 불과한
고무신 한 켤레 값보다 적은
임금

"애기 딸린 어머니들의 노동이란
너무나 비참하였다.
고무 찌는 냄새와 더운 김이
훅훅 끼치는 공장 속에서
애기에게 젖을 빨리며
쇠로 만든 롤러를 가지고 일하는 것이다."

— 〈신가정〉(1935년 2월)

욕설
구타
성희롱
불량품마다 매긴 벌금

그리고
1929년 미국 대공황

국내까지 미친
경기 침체의 여파

'17퍼센트 임금 삭감'
'정리해고'
회사의 일방적인 통보

이에 맞선
여공들의 파업 단행

단식투쟁 하룻밤 만에
공장에서 쫓겨난
여공 49명

하지만
그냥 물러서지 않은
여공 한 명

높이 12미터
평양에서 가장 높은
을밀대 꼭대기에 올라 외친
'조선 최초의 고공농성'

"내 한 몸뚱이 죽는 것은 아깝지 않습니다.
대중을 위해 자신을 희생하는 일은
명예스럽다는 것이 내가 배운 가장 큰 지식입니다."

平壤乙密臺에
滯空女突現
四十尺 고공에서 연설
平原고무爭議續

【평양지국전화】 동맹 파업중 경찰에게 쫓겨나오는 을밀대에 잇는 평원(平原)고무공장직 여직이 나되는 공 三十여명은 파업이래 공장을 올라가서 누구든지 점령하고 나가지 아니 하다가 면 떨어쳐죽는다고 금 二十九일 오전 一시경에 평양의 단절과 고무의 서원의 축출로 해산되는 동시 하는연설을 하얏다 에 녀직공한사람이 『을밀대』로 오전 一시로 부터 올라가서 체공八시간여에 경찰 분서지 체공하고잇는 에게 붓들려 나려온사실이 잇 경찰에서 아모리 붓 섯다 도 여의치 못하는바 을밀대『다락』으로 올라간 녀 쉬는 강력의서원을

그리고
9시간 30분 후

일본 경찰에게 끌려 내려와
투옥된
지붕 위 여자

한국 최초의 여성 노동운동가

강주룡 1901~1932

그녀의 고공농성 이후
평원 고무공장은
임금 삭감을 철회했으나

잦은 옥중 단식투쟁으로
쇠약해진 강주룡은
이듬해 평양의 빈민굴에서
짧은 생을 마감했다

강주룡은 1901년 평안북도 강계에서 태어
나 어린 시절을 비교적 평탄하게 보냈다. 하지만 열네 살 때 아버지
가 사업에 실패하는 바람에 가족이 모두 호구지책을 찾아 서간도
로 이주했다. 1920년 그곳에서 최전빈을 만나 결혼했고, 1년 후에
는 남편과 함께 항일무장단체 '대한독립단'에 가입했다. 반년쯤 여
기저기를 떠돌다 "거치렁거려 귀찮으니 집에 가 있으라"는 남편의
말을 따라 시집으로 돌아왔다가, 6개월이 채 되지 않아 남편이 위
독하다는 말을 듣고 다시금 서간도로 달려갔다. 하지만 그날 밤 남
편은 사망하고, 강주룡은 황망한 마음을 추스르기도 전에 "남편
잡아먹은 년"이라는 시댁의 고발로 중국 경찰에 체포되었다. 경찰
서에 갇힌 일주일 동안 그녀는 단식으로 무고를 주장하며 후일의
삶을 암시했다.

경찰서에서 풀려난 강주룡은 친정으로 돌아와 1년쯤 살다가
1926년 평양으로 거주지를 옮기고 평원 고무공장 직공으로 일하
면서 부모와 어린 동생들을 부양했다. 그 시기 평양은 한때 기생
으로 날렸던 이름을 뒤로하고 경공업 도시로 변모해 있었다. 1920

년 평원 고무공장이 설립된 후 1930년까지 대동, 서경, 정창, 세창, 국제, 금강, 동양, 내덕, 구전 등 열한 개 공장이 들어섰다. 이곳에서 자본가들이 40~50퍼센트의 배당이익을 챙기며 졸부로 성장하는 동안, "골육이 쑤시고 뼈가 으스러지도록 노동을 하는 여성 노동자들은 (…) 하루 평균 10.42시간 노동에 최고 임금 15~16전"을 받으며 착취당했다. 당시 한국인 남성 노동자 임금 대비 절반, 일본인 남성 노동자 임금 대비 4분의 1에 불과한 돈이었다. 노동 환경도 열악해서 "기숙사라고 해도 한 방에 열 명씩이나 들어찬 방에 살며 수위에게 계속 감시"받았고, '불량품 배상제' 등 사용자측이 임의로 정한 각종 규제는 물론 욕설, 구타, 성희롱에 일상적으로 시달렸다. 하여 일찍부터 임금 인상과 처우 개선을 요구하고, 남성 감독관의 '몸 검사' 같은 성폭력을 고발하는 여성 노동자들의 쟁의와 동맹파업이 끊이지 않았는데, 1930년 평양 고무공장 노동자 동맹파업은 그중에서도 가장 규모가 컸다.

"이것이 결국 모든 노동자의 임금 감하의 원인이 될 것이므로 죽기로써 반대하는 것입니다."

1929년 미국에서 시작된 대공황은 1930년 식민지 조선에까지 영향을 미쳤다. 고무공장 사용자들은, 주주들에게는 15퍼센트 이상의 배당금을 챙겨주면서도 노동자들은 대거 해고하거나 10퍼센트 이상 임금을 깎았다. 저임금으로 예닐곱 식구를 부양하는 노동자에게 해고와 임금 삭감은 곧 죽음을 의미하므로 고무공장 노조는 즉각 단체교섭을 시도하지만, 사용자들이 응하지 않음으로써 1930년 8월 7일 파업투쟁을 전개했다.

여성 노동자가 3분의 2나 되는 '평양고무직공조합'의 파업은 오래지 않아 평양 지역 고무공장 노동자 2300명의 총파업으로 발전했다. 사용자와 경찰은 대체인력 투입하기, 불량배를 고용해 폭력 휘두르기, 노조 지도부 구속하기 등으로 탄압했고, 노동자들은 연대(대체인력으로의 고용 거부)와 공장습격, 점거농성 등으로 맞섰다. 신문이 '계급전쟁화한 평양'이라고 표현할 만큼 격렬했던 파업은 일본 경찰이 노동자들을 대거 구속함으로써 20여 일 만에 실패로 끝나지만, 그 여파는 1931년 평원 고무공장 총파업으로 이어졌다.

1931년 5월 16일 사용자가 일방적으로 해고와 임금 삭감을 통보하자 강주룡 등 평원 고무공장 노동자 49명은 곧바로 파업에 돌입했다. 평양 지역의 공장주들이 은밀히 평원공장을 지원하고, 이에 대응해 다른 공장 노동자들이 연대에 나서면서 파업은 '자본과 노동'의 대리전 양상으로 전개되었다.

5월 28일 새벽, 평원 공장을 급습한 일본 경찰이 단식농성 중이던 노동자들을 강제로 내쫓았다. 낙심한 강주룡은 제목숨을 끊어서라도 공장의 횡포를 알리겠다고 평양의 이름난 누각 을밀대에 오르지만, 마음을 고쳐먹고 이튿날 지붕 위에 서서 장장 아홉 시간 삼십 분 동안 일제의 노동착취와 수탈을 규탄하는 연설을 했다. "우리는 49명 우리 파업단의 임금 감하를 크게 여기지는 않습니다. 그러나 이것이 결국은 평양의 2300명 고무공장 직공의 임금 감하의 원인이 될 것이므로 우리는 죽기로써 반대하려는 것입니다. 2300명 우리 동무의 살이 깎이지 않기 위하여 내 한 몸뚱이가 죽는 것은 아깝지 않습니다. (…) 나는 평원고무 사장이 이 앞에 와서 임금 감하 선언을 취소하기 전까지는 결코 내려가지 않겠습니다."

제자리걸음

1970년대 정부는 대기업을 보호·육성하고 외국기업을 국내에 유치하고자 노동기본권을 동결하는 내용의 '국가보위에 관한 특별조치법'을 제정했다. 이를 기반으로 저임금·저곡가 정책을 지속하며 수출경제를 주도함에 따라 급속한 경제성장을 이루었으나, 노동자들은 참혹한 작업 환경에서 하루 평균 16~18시간씩 커피 한 잔 값을 받으며 일해야 했다. 1970년 11월 13일 평화시장 봉제공장 노동자 전태일이 "근로기준법을 준수하라"며 분신자살한 배경이다.

살기 위해 목숨을 걸고 싸우던 노동자들은 1987년 6월 29일 마침내 제힘으로 정치민주화를 이루어냈다. 이를 계기로 이전까지 불법행위로 처벌받던 노조 결성과 단체행동이 빠른 속도로 각 사업장에 확산되자, 위협을 느낀 정부와 기업은 다양한 방법으로 노동운동을 탄압했다. 기업은 단체협상에 응하기는커녕 파업에 참여한 노동자와 조합에 살인적인 액수의 손해배상가압류 소송을 걸어 족쇄를 채웠다. 정부는 공권력을 동원해 파업을 강경 진압하는 한편, 친기업적 방향으로 관련 법안을 손질하며 호응했다. 땅에서 법적·금전적·물리적 보호를 받을 수 없게 된 노동자들은 지붕 위로 향했다. 고공농성은 진압과 체포를 피해 자신의 주장을 전하려는 노동자들의 마지막 선택이었다.

1990년 4월 25일 현대중공업 노조원 78명은 사측에 '임금 단체협상 성실 참여, 노동운동 탄압 중지'를 요구하며 82미터 높이의 골리앗 크레인에 올랐다. 13일간 단식농성하던 이들은 공권력 1만 2000여 명이 투입된 진압작전으로 전원 연행되었다. 1991년 2월 8일 대우조선 노동자 50명도 같은 이유로 104미터 크레인을 점거했다가 모두 구속되었고, 이중 일곱 명은 감옥에 보내졌다. "최근 근로자들의 임금 수준이 다른 국가에 비해 크게 올랐고, 노사관계가 성숙단계에 이르렀는데도 피고인들이 생산 현장의 중요 시설인 골리앗 크레인을 점거농성하는 등 불법파업을 저지른 것은 용서할 수 없다"는 당시 재판부의 판결은, 파업에 대한 권력의 입장을 간결하게 요약한다.

백척간두에 선 노동자의 입지는 1997년 외환위기를 전후로 주주 이익을 최우선으로 하는 신자유주의적 기업 풍토가 확산되며 더욱 위태로워졌다. 기업은 작금의 위기를 돌파하려면 경영합리화에 따른 비용절감이 불가피하다면서 임금을 삭감하고 노동자들을 해고하고 비정규직 일자리를 대거 양산했다. 국가와 사회는 당장의 상황을 수습하는 데 급급하며 노동자들의 고통을 방관했다.

그리하여 2003년 사측의 일방적인 정리해고에 반대하던 한진중

공업 김주익 노조위원장이 129일간 고공 크레인 농성을 벌이다 스스로 목숨을 끊었다. 2004년 전국 타워크레인기사노조 조합원들은 서울·경인 지역 공사 현장에 설치된 70미터 타워크레인 87대를 점거하고 '일요일에는 쉬고 싶다'는 플래카드를 걸었다. 2005년 울산 건설플랜트노조 조합원들은 SK 울산공장 정유탑에서, 2006년 코오롱 경북 구미공장 노조원들은 사내 송전탑에서 '해고자 복직과 비정규직 노조 인정'을 주장했다. 2007년 코스콤 비정규직 노조원, 2008년 울산 현대미포조선 조합원, 2011년 민주노총 김진숙, 2012년 유성기업 홍종인·이정훈, 2014년 스타케미칼 차광호와 씨앤엠 하청업체 노동자 강성덕·임정균, 쌍용자동차 해고자 이창근·김정욱이 굴뚝과 크레인, 전광판, CCTV 관제탑, 철탑에서 외친 내용은 한결같다. '회사는 일방적인 임금 삭감과 해고를 철회하고 노동자의 목숨과 권리를 보장하라.'

1931년 평원 고무공장 파업은 그해 6월 8일 회사가 임금 삭감을 철회하고, 파업한 노동자 가운데 일부를 채용하는 것으로 끝났다. 하지만 강주룡은 일제가 '평양 최초, 최고의 적색노조'로 명명한 '혁명적 노동조합운동'에 참여한 죄로 이튿날 체포되었다. 혁명적 노동조합운동은 1930년대, 빼앗긴 나라를 되찾고 노동자 민중을 해방시키는 것을 목적으로 한 새로운 노동운동을 말한다. 동료 최용덕과 함께 검거, 수감된 강주룡은 옥중에서 1년 동안 비타협적 투쟁을 벌이다가 1932년 6월 7일 병보석으로 풀려났다. 두 달 후 강주룡은 평양 서성리 빈민굴 68-28호에서 숨졌다.

갑자기 떠오른 사랑의 기억에
얼굴 붉혀본 일이 있는가

한 번의 눈길에
일주일의 행복을 걸어보았는가

사랑 때문에 불행해본 적이 있는가

그렇다면
나의 책을 읽어도 좋다

190여 년의 시간을 넘어 전해 내려온
사랑의 비서秘書

『연애론』

사랑이라 불리는 영혼의 병
그 모든 징후를 냉정히 기술하였다

제2장
사랑의 탄생을 위해서는
작은 희망만 있으면 충분하다

제3장
당신이 찾는 행복은
오직 그 사람만이 줄 수 있다

제17장
애인의 얼굴에 있는 마마 자국도
사랑에 빠진 남자에게는 감동을 준다

제23장
첫눈에 반한다는 우스꽝스러운 말
당신에게도 일어날 수 있다

그러나
발행 후 11년간
단 17권

 굴욕적인 판매 부수

"성스러운 책인가 봅니다.
아무도 건드리려 하지 않으니 말이죠."

그리고
작가의 돌연한 선언

"사랑이라는 정열을 이해하는
100명의 독자를 위해서만 쓰겠다!"
— 1834년판 『연애론』 저자 서문

사랑과 욕망에 대한
탁월한 심리 묘사

19세기 사실주의 문학의 장을 연
프랑스의 대문호
작가 앙리 베일Henri Beyle, 1783~1842

"사랑은 언제나 내게
가장 커다란 일,
아니 유일한 일이었다."

그러나
현실에선 실연의 고수

"그는 여자에게 친절해야 할 때면
수줍거나 멍청해지고,
다정해야 할 때는 냉소적이 되고,
공격적이어야 할 순간에는
감상에 빠져버렸다."

— 슈테판 츠바이크, 전기작가

서른다섯 살의 작가가
첫눈에 반한 여인
마틸드 비스콘티니

'나는 몹시 불행합니다.'

— 1818년 10월 4일, 마틸드에게 보낸 편지

'단 15분 만이라도 당신을 만날 수는 없을까요?'

— 1821년 1월 3일, 마틸드에게 보낸 편지

그러나
응답 없는 사랑

3년간의 짝사랑이 막을 내리고
이듬해 출간된
『연애론』

"내가 사랑한 여인들……
이 매혹적인 여인들 대부분은
내게 친절을 베풀지 않았다.
그러나 그녀들은 나의 전 생애를 차지하였고,
그녀들과 나눈 사랑의 뒤를 이어
내 작품들이 나올 수 있었던 것이다."
― 자서전『앙리 브륄라르의 생애』

앙리 베일

필명 스탕달

살았노라
썼노라
사랑했노라
― 그의 묘비명 중

본명보다는 필명 '스탕달Stendhal'로 더 잘 알려진 마리 앙리 베일은 1783년 프랑스 그르노블에서 태어났다. 일곱 살 때 어머니를 여의고 억압적이고 가부장적인 환경에서 유년기를 절망과 분노로 보냈다. 삶의 의지가 박약했던 스탕달은 외가에 몸과 마음을 기대었는데, 특히 외조부와 가깝게 지내며 인간의 이성과 합리성을 믿는 계몽주의 사상을 접했다.

그 시절 프랑스는 정치적 격변을 거듭하고 있었다. 1789년 프랑스혁명이 발발해 왕정을 무너뜨렸다. 이후 정권을 놓고 중산층과 소상공업자에 기반한 자코뱅파와 부르주아를 지지기반으로 둔 지롱드파가 격돌한 끝에 자코뱅파가 승리하지만, 1794년 7월 28일 '테르미도르 반동'으로 자코뱅파의 거두 로베스피에르가 살해당하면서 혁명의 주도권은 지롱드파로 넘어간다. 이로써 시민혁명은 사실상 끝나고 정국은 혼돈에 빠진다. 겉으로는 공화정을 표방했으나 권력을 누가 어떻게 쥐느냐에 따라 정부 구성은 계속 바뀌었고, 권력싸움에서 밀려난 자들은 크고 작은 무력행사로 불만을 표했다. 1795년 10월 5일 왕당파가 일으킨 '방데미에르 반동'이 한 예

로, 이때 나폴레옹 보나파르트는 반란을 진압하며 존재감을 드러
내기 시작한다.

이듬해 나폴레옹은 이탈리아에서 오스트리아군을 격파하고, 그
다음해에는 이집트 원정을 감행한다. 가난과 혼란에 지친 프랑스 국
민들은 나폴레옹의 '영웅적' 행보에 열광한다. 이에 힘입어 1799년
나폴레옹은 군사정변으로 권력을 장악, 통령 정부를 세우고 제1통
령에 취임한다. 그리고 5년 후 스스로 황제 자리에 올라 나폴레옹
1세가 된다.

내부를 평정한 나폴레옹은 시선을 밖으로 돌려 전 유럽에 전쟁
을 확산한다. 영국, 러시아, 오스트리아, 프러시아 등이 연합전선을
펴고 대항했지만 나폴레옹의 군대를 무너뜨리기에는 역부족이었
고, 결국 유럽 대부분이 나폴레옹 아래로 복속된다. 그러나 끝을
모르던 나폴레옹의 위세는 1812년 러시아 원정 실패를 계기로 꺾
이고, 1813년 10월 라이프치히에서 유럽 연합군에 패배하며 완전
히 제압된다.

1799년 도망치듯 고향 그르노블을 떠나와 파리에 입성한 스탕

달은 귀족과 민중을 모두 적대한 부르주아로서, 제힘으로 타고난 '신분'을 뛰어넘어 최고 '계급'을 쟁취한 나폴레옹의 비전에 매료되었다. 그리하여 그길로 용기병 소위로 임관하여 나폴레옹과 함께 알프스를 넘고, 바르의 보루堡壘 아래서 포화를 받고, 밀라노에 입성하고, 마렝고 전투에 참여했다. 1812년 프랑스 군대가 러시아에서 퇴각할 때도 스탕달은 그 현장에 있었다. 그러나 나폴레옹이 몰락하면서 부르주아적 성공에 대한 그의 꿈도 스러졌다.

1813년 스탕달은 군을 제대했다. 1815년 엘바 섬에서 탈출한 나폴레옹이 워털루 전투에서 패하고 세인트헬레나 섬에 유배된 다음에는 관직에서도 물러났다. 부르봉 왕조가 복위하고, 혁명을 피해 해외로 도망간 귀족들이 돌아와 특권을 회복한 후에는 밀라노로 이주하여, 1830년 '7월혁명'으로 부르봉 왕조가 전복될 때까지 예술 감상과 글쓰기에 전념하며 살았다.

중첩된 시대의 기록

사상적으로는 낭만주의와 계몽주의가, 정치적으로는 왕정과 공화정과 제정이, 경제적으로는 봉건주의와 자본주의가 중첩된 시기를 관통하며 스탕달은 속수무책 분열할 수밖에 없었다. '시대의 눈(작가)'으로서 스탕달은 지고至高의 감정과 정신을 노래하는 당대 낭만주의 풍조를 배격했다. 만연한 죽음과 가난, 시민혁명이 폭로한 '구체제는 끝장났다'는 진실, 그럼에도 귀족들이 특권을 재탈환한 부조리한 현실에 눈감은 채 아름다움과 이상에 천착하는 낭만주의는 그 자체로 거짓일 수밖에 없기 때문이다. 1827년 『아르

망스』로 소설가로서 데뷔한 스탕달은 3년 후『적과 흑』을 발표, 가난한 목수의 아들로 태어나 천부적인 외모와 기개를 바탕으로 신분상승을 꾀하지만, 귀족들의 연애놀음과 정치를 모방한 죄로 파멸하는 쥘리앵 소렐의 인생을 전에 없는 차가운 시선으로 묘사한다. 낭만적 거짓에 맞서 그는 하층민의 욕망과 특권층의 위선과 허영을 있는 그대로 그리며 소설적 진실을 구축했고, 이로써 '프랑스 사실주의 문학의 원류'가 된다.

반면 자연인으로서 스탕달은 예술 애호가이자 사랑을 갈구하는 낭만적 댄디였다. "밀라노인 아리고 베일, 살았고 썼고 사랑했다"라는 묘비명이 일러주듯, 그는 일평생 독신으로 살면서 연애감정을 삶의 원천으로 삼았다. 대부분 실패로 돌아간 수많은 사랑 가운데 그를 가장 애달프게 했던 것은 1818년 밀라노 사교계에서 만난 어느 장군의 아내, 마틸드 비스콘티니 뎀보스키와의 관계였다. 곁을 주지 않는 상대를 향한 그의 짝사랑은 불꽃같던 처음 3년을 지나서도 근 20년간 지속되었는데, 1822년 발표한『연애론』은 여기서 길어낸 정수精髓다. 심리분석 형식의 이 에세이는 연애의 발생과 특징, 종류, 일곱 단계의 발전 과정을 비롯해 '연적을 제거하는 법', '친구에게 연애 사실을 털어놓는 법', '스킨십 하는 법', '바람피운 걸 들켰을 때 대처하는 법' 등 연애에 관한 거의 모든 것을 망라하고 있다. 그중에서 가장 유명한 부분은 뭐니 뭐니 해도 연애 초기 상대방을 이상화하는 과정을 '결정작용結晶作用'으로 설명하는 대목이다.

"겨울이 되어 잘츠부르크의 소금광산에 나뭇가지를 깊숙이 집어넣어 두었다가 2~3개월이 지난 후에 꺼내 보면, 그것은 반짝이는 결정체로 덮여 있다. 참새의 발 정도밖에 되지 않는 가느다란 가지가 반짝이는 무수한 다이아몬드로 장식되어, 본래의 나뭇가지 모습을 찾아볼 수 없다. 내가 결정작용이라고 부르는 것은, 눈앞에 나타나는 모든 현상으로부터 사랑하는 사람의 새로운 미점을 발견하는 정신작용이다."

— 스탕달, 『연애론』(김현태 역, 집문당, 1992) 중에서

나는 소비한다, 고로 연애한다

자유로운 청춘남녀가 만나 제 마음대로 사랑하는 '자유연애' 사상은 근대의 산물이다. 이는 나폴레옹 원정길을 따라 자유와 평등의 혁명정신이 유럽 전역에 퍼지고, 자본주의가 공동체의 구성원이던 사람들을 '합리적 개인'으로 호명한 후에야 비로소 출현했다. 그러나 로미오와 줄리엣의 연애담이 16세기 대중을 사로잡았듯, 낭만적 사랑은 자본주의 이전부터 이미 존재하면서 내내 칭송받았다. 보통 자기 이익을 염두에 두지 않고, 세속적 계산과 무관한 것으로 묘사되는 낭만적 사랑은 "사랑하는 사람에게 헌신하고 원초적인 본능을 승화시키고 영혼을 고상하게 하는 종교적 감정"으로 여겨졌다.

그러나 20세기 초, 진리나 믿음 같은 거대담론이 쇠퇴하고 과학이 종교를 대신하는 것에 발맞춰 낭만적 사랑은 세속화의 길을 걷게 된다. 미국의 사회학자 에바 일루즈에 따르면, 이 시기 영화나 광고 같은 대중매체들은 낭만적 사랑의 매혹적인 감정을 '달빛 은은한 해변의 산책', '한밤의 키스와 불꽃놀이' 같은 시각적 이미지

로 구현하면서 '상품의 낭만화', '사랑의 세속화'를 이끌었다. 사랑에 으레 따르기 마련인 고통, 장애, 난관 같은 부정적인 요소들도 쾌락, 흥분, 강렬함으로 전환되었다. 소비자본주의 시대의 낭만적 사랑은 '집단으로부터 개인의 해방, 풍요로움, 노동으로부터의 해방'을 담보하는 유토피아를 그려 보이며 모두에게 평등을 약속했다. 이 과정에서 낭만적 사랑은 (미국인의) 삶에서 일종의 신화가 되었다. 연애는 개인이 행복을 추구하는 데 중요한 동기로 제시되었고, 사랑은 개인적인 행복 또는 자기 긍정과 등치되었다.

하지만 이러한 신화는 낭만적 사랑의 유토피아가 오직 '소비'를 통해서만 가능하다는 진실, 따라서 기본적으로 계급에 따라 불평등하게 향유될뿐더러, '구별짓기'를 갈망하는 중간계급의 욕망까지 더해지면 계급별로 전혀 다른 빈도와 형태로 구현된다는 사실을 은폐한다. 노동계급은 대중매체가 제안하는 (놀이동산에서 커플 머리띠를 하고 스티커 사진을 찍는다든지 하는) 천편일률적인 낭만을 무비판적으로, 드물게 재현한다. 반면 중간계급은 (카리브해의 이름 없는 섬에서 고요를 즐긴다든지 하는) 새로운 소비 형태로 보다 자주 낭만을 향유한다.

그러나 계급을 망라하는 명제가 하나 있으니, 낭만적 유토피아를 경험하려면 시장 논리에 따라야 하고, 그 대가로 고된 노동을 해야 한다는 것이다. 소비자본주의 시대의 개인은 주중에는 근면하고 성실한 노동자로 지내다가 주말에는 시장이 제공하는 유토피아로 탈주한다. 인내와 절제를 실천하는 한편 쾌락을 추구해야 한다는 모순은 사회과학, 심리학, 의학적 담론에 기대어 설명될 수 있다. 오늘날 개인들에게 낭만적 사랑은 노동이고 소비이고 계급이다. 에바 일루즈는 『낭만적 유토피아 소비하기』에서 낭만적 사랑은

"시장으로부터의 안식처가 되기는커녕 후기자본주의 정치경제학과 긴밀히 공모하는 하나의 관행"이자 "소비영역과 생산영역 간의 모순, 탈근대적 무질서와 청교도적 노동윤리 간의 모순, 계급 없는 유토피아와 '구별짓기'를 통해 계급을 유지하려는 동력 간의 모순을 결합하고 응축하는 장"이라고 설명했다.

2012년 12월 25일 청년 20여 명은 서울 광화문 동화면세점 앞에서 연애지상주의에 반대하는 '빈농해방을 위한 좌파솔로들의 씁쓸한 크리스마스 파티'를 열었다('빈농'은 '부농[분홍]'의 반대말로 핑크빛 연애에서 소외된 사람들을 뜻한다). 행사를 제안한 박아무개씨는 "사람들이 외롭다고 하면 연애를 하라고 말하지만, 연애만이 과연 방법인지 의문이 들었다"면서 "연인끼리 밥 먹고 영화 보고 커피 마시는 데 자기네 카드를 쓰라는 신용카드 회사의 텔레비전 광고를 보더라도 지금 우리의 연애는 너무 소비주의에 물들어 있다"고 지적했다. 또 다른 참가자도 "연애를 못하면 그 이유를 자동적으로 개인의 탓으로 돌리는데, 이것은 빈곤 같은 사회문제를 개인의 문제로 못 박는 것과 비슷하다"며 "지배적인 연애담론에서 벗어나 연대를 통해 다른 사람들과 함께할 수 있는 길을 찾았으면 좋겠다"고 전했다.

성금을 모아 쌍용자동차 해고노동자, 강정마을 주민, 용산참사 유족에게 전달한 청년들은 "크리스마스에 연애를 못할 것 같으면 교회에 나가지 추운데 나와서 왜 이러고 있느냐"는 경찰의 훈계를 뒤로하고, 데이트 명소인 명동을 가로질러 명동성당까지 행진한 후 해산했다.

Daily Mail

**CAINER'S
PERSONAL
HOROSCOPE**
TODAY'S TOKEN: Page 55

SDAY, JANUARY 14, 1999

NEWSPAPER OF THE YEAR   35p

Why I believe that wives are to
blame for most men's affairs

FEMAIL MAGAZINE: Pages 39-50

REE   £100 HEALTH AND BEAUTY PACK FOR EVERY READER   TOKEN: Page 55

XCLUSIVE: The one police officer accused of bungling the
Stephen Lawrence murder inquiry chooses early retirement

WILL NO ONE
TAKE BLAME?

By STEVEN WRIGHT
and PETER ROSE

f a single police officer
be disciplined over the
ched investigation into
murder of Stephen
rence, it emerged last
t.

24 hours after it was announced
lone detective would face seven
s of neglect of duty – because four
senior officers open to blame have
quit – Scotland Yard revealed that
, was taking early retirement.

tive Inspector Ben Bullock, 49, sec-
-command of the inquiry into the
eenager's murder in 1993, submit-
resignation papers last week. He is
ed to leave the Metropolitan Police
y 2, well before he could appear
a disciplinary tribunal. After 30
service he will be entitled to a full,
anked pension worth about £25,000

e Lawrence family reacted with out-
and a threat to sue the Yard for neg-
– a friend of the detective insisted
lock's decision to go was a 'pure
ience'.

ct, the PCA first indicated last
its intention to recommend action
t the detective. But it also emerged
ght that the authority had been
aware of Mr Bullock's retirement

1993년 4월 22일
영국 런던의 한 버스정류장

버스를 기다리던
한 고등학생이 살해된다

버스정류장에서 피살된
열여덟 살의 흑인 스티븐 로런스

살인 사건의 용의자는
다섯 명의 백인 청년

다섯 명의
극단적 인종혐오주의자

그러나
증거불충분으로
모두 무죄

희생자만 있고
가해자는 없는 사건

끊임없이 제기되는 의혹
들끓는 여론

그리고
발표된 한 권의 보고서

'스티븐 로런스 보고서'

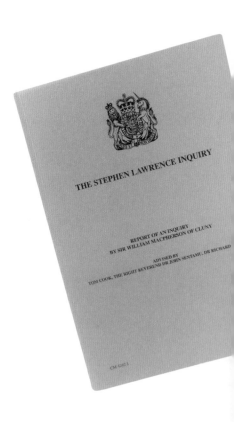

THE STEPHEN LAWRENCE INQUIRY

REPORT OF AN INQUIRY
BY SIR WILLIAM MACPHERSON OF CLUNY

ADVISED BY
TOM COOK, THE RIGHT REVEREND DR JOHN SENTAMU, DR RICHARD

CM 4262-1

2년간의 조사와 증거 수집
389쪽에 걸쳐 폭로된
수사와 재판 과정의 문제점

초기 늑장 수사
경찰의 뇌물 수수
부패와 비리로 얼룩진 수사기관
뿌리 깊게 남아 있는 인종차별 제도

점차 명확해지는 범행과 공모자들

그러나

"이미 무죄로 판결난 사람에게
같은 죄를 다시 물을 수 있는가?"

일사부재리의 원칙

800년을 넘게 지켜온
엄격한 법의 원칙을 둘러싼 논란

'무고한 죽음을 끝까지 밝히는 것은
무엇보다 중요한 일이다.'
vs.
'원칙을 바꾸는 것은
수백 년 사법체계를 뒤흔드는 것이다.'

하지만

"우리는 더 나은 사회로 나가기 위해
오랫동안 존재해온 제도와 관습을
변화시킬 수 있다."
― 데이비드 블렁킷, 전 영국 내무장관

2년간의 조정 끝에 완성된
또 다른 원칙

형사정의법 Criminal Justice Act

"살인, 성폭행과 같은 중대 범죄에 한해
새로운 강력한 증거가 확보되면
범죄자를 다시 심판할 수 있다."

18년 만에 채택된
새로운 증거

18년 만에 밝혀진
유죄

"사건 이후 어느 누구도
이 끔찍한 사건에 대해 처벌받지 않았습니다.
이것은 유가족과 우리 사회에
크나큰 상처로 남을 것입니다.
하지만 우리는 정부와 사회가
변화를 달성할 의지가 있다고 믿습니다."

─〈스티븐 로런스 보고서〉(1999년)

2012년 유죄가 입증된
두 명의 범인은 각각 징역 15년 2개월
14년 3개월의 실형을 선고받았다

1993년 4월 22일 런던 남동부 엘텀 버스정류장에서 자메이카 이민 2세대 청년 스티븐 로런스가 흉기에 찔려 숨졌다. 사건 발생 사흘 만에 인근 지역 백인 청년 다섯 명이 용의자로 밝혀졌으나, 경찰은 처음부터 사건 수사에 미온적이었다. 피의자 체포는 2주 후에야 이뤄졌다. 경찰은 인종범죄 가능성을 지적하는 시민사회의 목소리를 "로런스는 피부색이 검든 하얗든, 초록이든 파랑이든 노랑이든 상관없이 살해당한 것"이라며 묵살했다. 결국 경찰은 증거가 불충분하다며 기소를 중지했다. 당연히 부실수사 논란이 일었고, 로런스의 부모와 시민단체들은 범인들을 비호한 경찰과 이들을 감싸고 도는 경찰청에 맞서 '스티븐 로런스 캠페인'을 조직했다. 또한 직접 법의학 증거들을 분석하고 목격자들을 다시 인터뷰해 재기소했으나, 법원은 끝내 피의자 모두에게 무죄 판결을 내렸다. 이후 로런스 사건은 진실을 둘러싼 정부와 시민단체의 싸움으로 번져, 1997년 총선에 이르러서는 선거판을 뒤흔드는 이슈로 부상했다.

토니 블레어의 노동당은 당장에 '로런스 사건 공개조사 위원회

구성'을 공약했다. 그리고 '대처리즘'과 '신자유주의'로 요약되는 보수당의 정책에 분노한 노동계급의 지지를 등에 업고 총선에서 승리하자마자 윌리엄 맥퍼슨을 위원장으로 한 '맥퍼슨 위원회'를 꾸렸다. 이후 2년 동안 당시 사건과 수사 과정을 재조사한 위원회는 1999년 4월, 경찰의 늑장 수사와 뇌물 수수, 부정부패와 뿌리 깊은 인종차별의 총합, 즉 "직업적인 무능함과 조직적인 인종차별주의의 합작품"으로 사건의 본질을 정의하는 '맥퍼슨 보고서'를 발표했다. 이에 대한 후폭풍은 컸다. 식민주의의 첨병이자 인종갈등의 종주국으로서 영국은, 자신들이 노예매매 같은 비인도적 제도를 없애는 데 가장 선도적이었다는 자부심으로 자국 내 인종차별을 줄곧 부인해왔다. 그러나 '맥퍼슨 보고서'는 이와 같은 자아상이 그들의 환상에 불과했음을, 실상 국가기구가 법과 제도로 인종차별을 지시해왔음을 폭로했다.

미국의 사회학자 데이비드 테오 골드버그는 근대국가가 기본적으로 인종국가라고 말했다. 식민주의 역사를 거치면서 인종은 그 자체가 근대성을 구성하는 하나의 범주가 되었고, 근대성의 산물인 근대국가는 인종화된 사회 구성을 지닌다는 것이다. 이때 인종주의는 남성 중심적 가부장제와 결합해 '포섭과 배제'의 역학을 작동시켰다. 그 결과 백인 남성과 비백인 여성의 결합은 적극적으로 장려된 데 반해, 비백인 남성과 결합한 백인 여성은 시민권을 잃고 민족의 수치로 여겨졌다.

1세계 백인 남성을 정점에 놓고 그 아래로 나머지 인종을 서열화하는 인종주의는 20세기를 전후해 보편적 인권 개념이 자리잡고, 제국이 무너지고, 식민지가 해방되면서 퇴색했다. 그러나 그 의식은 국가체제와 제도, 사회운영 방식에 스며들어 차별을 정당화했다. 이것이 곧 '제도적 인종주의institutionalized racism'로, 미국 흑인민권운동가 스토클리 카마이클과 찰스 해밀턴이 1967년 공저한 『블랙파워』에서 처음 사용한 개념이다.

헌법이 만인의 평등을 명시하고, 새로운 법조항(1865년, 1868년)을 추가해 흑인의 동등한 인권을 보장했으나 미국 내 인종차별은 사라지지 않았다. 특히 남부 열한 개 주는 에이브러햄 링컨 암살 이후 들어선 앤드루 존슨 정부의 보수성에 편승해 1876년 '짐 크로법Jim Crow Law'을 제정했다. 짐 크로는 당시 백인 배우가 연기했던 유명한 '흑인 바보 캐릭터' 이름으로, 이 법률은 식당, 화장실, 극장, 기차, 버스 등 공공시설에서 백인과 비백인의 분리를 골자로 한다. 이에 따라 흑인들은 백인과 나란히 앉거나, 같은 학교에 다니거나, 같은 수도꼭지를 쓸 수 없었다. 그 위법성을 따져 묻는 소송에 대해 미 연방대법원은 1896년 "분리되었지만 평등하다separate but equal"고 합헌 판결했다.

국가가 인종차별에 정당성과 합법성을 부여하자 사회 구성원들은 일상적으로 차별을 자행했다. 백인 여성을 넘봤다는 등의 (대개 무고한) 이유를 빌미로 남부 백인 자경단원들이 흑인 남성을 집단 폭행하고 나무에 목매달아 처형했던 '린치lynch'는 가장 극단적인 형태였다. 짐 크로법은 1954년 연방대법원이 '공립학교에서 인종 분리교육은 위헌'이라는 판결을 내리고, 이듬해 로자 파크스가 백

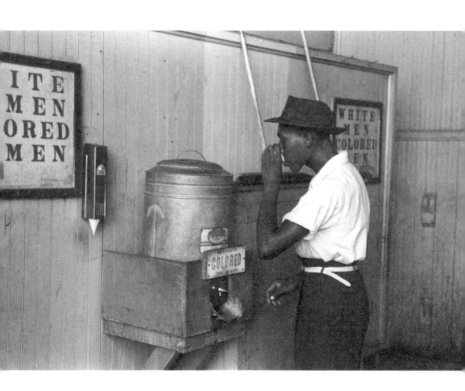

인에게 자리를 양보하라는 버스 기사의 '명령'을 거부하고, 그로 인해 촉발된 흑인민권운동이 사회를 뒤흔들 때까지 약 90년간 지속되었다.

노란 피부, 하얀 가면

부산대 인문학연구소 교수 하상복에 따르면 한국의 인종주의는 19세기 말 서구 열강의 한반도 진출과 일본의 식민지배 과정에서 유입되었다. 제국주의의 위협, 피식민지인으로서의 열패감은 곧 서구 숭배와 우월주의로 바뀌었고, 서구식 근대화는 조선이 열등한 민족에서 벗어나 '타자'를 지배하는 우등 민족이 되는 길로 추앙되었다. 그 열망 속에서 차별적 인종주의가 내면화되고, 이에 기반한 민족의식이 싹텄다.

해방 이후 도래한 미 군정 체제는 1세계 백인에 대한 선망을 증폭시켰다. 지배계층이 동원한 가부장적 단일민족 신화와 민족주의도 타자를 차별하고 배제하는 인종주의를 형성하는 데 일조했다. 그렇게 1970년대 압축적 근대화에 성공하면서, 1세계 백인 남성과 스스로를 동일시하고 동남아시아 등 3세계 비백인은 멸시하는 한국의 인종주의가 확립되었고, 이는 법과 제도에 그대로 반영되었다. 이를테면 한국의 국적법은 한국인과 외국인의 결합에 대해, 애초부터 남성이 한국인일 경우에만 자녀에 국적을 부여하는 '부계혈통주의'를 고수했다. 1997년 '부모양계혈통주의'를 도입하며 성차별을 법적으로나마 교정했지만, 그 여파로 선천적 복수국적자 수가 늘어날 것을 우려해 출생 후 일정 기간 안에 국적을 선택하도록 하는 '국적선택제도'를 도입했다. 하지만 기간 내 국적을 정하지 않으면 한국 국적을 자동으로 빼앗는 이 제도가 인권을 침해한다는 논란이 일면서 또다시 개정안을 준비하던 중에, 2010년 이명박 정부가 국가경쟁력을 강화한다는 명목으로 '국익에 도움이 되는 우수 외국인재'에 한해 복수국적을 허용하도록 국적법을 바꿨다. 그러나 정작 이 법안이 절실한 한국 거주 화교, 결혼이민자, 다문화 가정 자녀 등에는 적용하지 않았다.

1세계 백인/부계혈통은 포섭하되 3세계 비백인/모계혈통은 배제하는 '두 외국인 전략'은 이른바 다문화정책에서부터 이미 선명했다. 자본과 기술을 갖춘 (백인) 인력과 결혼한 이주여성은 국민으로 끌어안고, 육체노동을 하는 비백인 남성 이주노동자와 화교 등은 고용허가제와 복수국적 금지로 내치는 한국의 제도적 인종주의는 '짱깨', '흑형', '다문화(3세계 혼혈)' 같은 어휘가 일러주듯 시민들의 차별적 사고와 태도로 이어졌고, 2009년 '보노짓 후세인 사건'으로 가시화되었다.

성공회대 연구교수이자 인도인인 보노짓 후세인은 버스 안에서 서른한 살 한국인 남성 박아무개 씨에게 '더럽고 냄새나는 아랍 새끼'라는 인종차별적 폭언을 들었다. 함께 있던 동료가 항의하자, 박 씨는 '조선 년이 아랍 놈을 만난다'며 여성혐오와 인종차별 발언을 쏟아냈다.

두 사람이 박 씨를 경찰에 고발했을 때도 상황은 같았다. 사건을 조사하면서 경찰들은 박 씨에게는 존댓말, 후세인에게는 반말로 일관했다. 후세인을 불법체류자로, 그가 제시한 외국인등록증과 교수신분증은 위조된 것으로 치부했다. 박 씨가 두 사람을 괴롭히는데도 제지하지 않았고, 조사를 마친 박 씨를 집으로 돌려보낸 후에야 후세인의 조사를 시작했다. 이 모두를 인종차별로 인식한 후세인은, 한국의 극심한 인종차별과 성차별을 공론화하고자 박 씨를 모욕죄로 고소했다. 인종차별적 언동에 모욕죄를 적용한 것은, 한국에 인종차별에 관한 법률이 없기 때문이었다. 이 공백을 인지한 국회가 2007년부터 성별, 장애, 병력, 나이, 인종, 피부색, 언어, 출신국가, 민족, 지역, 용모 등의 신체조건, 혼인 여부, 임신 또는 출산, 가족형태 및 가족상황, 종교, 사상 또는 정치적 의견, 범죄 전력, 보호처분 여부, 성적 지향, 학력, 사회적 신분 등을 이유로 한 정치·경제·사회·문화적 생활의 모든 영역에 있어서 합리적인 이유 없는 차별을 금지하는 '차별금지법' 입법을 시도해왔으나, 개신교 등 보수단체의 반발로 번번이 무산되었다. 박 씨는 결국 벌금 100만 원의 경미한 처분을 받았다. 2016년 통계 기준 한국에 체류중인 외국인은 약 200만 명으로, 전체 인구의 3.9퍼센트를 차지하고 있다(국적은 중국, 미국, 베트남, 태국, 필리핀 순으로 많다).

한편, 영국 정부는 '맥퍼슨 보고서'에 따라 로런스 사건을 재조사해야 할 당위에 직면했다. 하지만 한 번 처리된 사건은 두 번 다시 다루지 않는다는 법의 '일사부재리 원칙'이 발목을 잡았다. 수백 년 사법체계를 뒤흔들 수 없다는 입장과, 진보를 위해 변화는 불가피하다는 입장이 맞부딪혔다. 2년간의 조정 끝에 영국 사회는 '살인, 성폭행 같은 중범죄에 한해서 새로운 강력한 증거가 확보되면 범죄자를 다시 심판할 수 있다'는 '형사정의법2003'을 끌어냈다.

이를 토대로 스티븐 로런스 사건은 다시 한 번 심판대에 올랐고,

그 사이 발전한 과학기술로 얻은 증거를 활용해 2012년 범인 두 명에게 각각 징역 15년 2개월, 14년 3개월의 실형을 선고했다. 그러나 '맥퍼슨 보고서'의 핵심, 제도적 인종주의라는 구조적 왜곡은 손보지 않았다. 로런스 사건 이후 2012년까지, 영국에서 발생한 인종관련 살인사건 중 신원이 밝혀진 피해자만 총 96명이다.

◎ BOOK +

「잃어버린 기회? — 로런스 사건과 맥퍼슨 보고서, 제도적 인종주의」
염운옥 저, 『영국 연구』, 영국사학회, 2014

영국의 제도적 인종주의가 얼마나 뿌리가 깊은지, 현실에서 어떤 방식으로 작동하는지 '스티븐 로런스 사건'을 경유해 촘촘히 짚었다. 정권이 바뀔 만큼 사회적 충격이 컸던 로런스 사건으로 인해 영국 정부는 처음으로 제도적 인종주의를 시인하지만, 그 이상 진전을 보지는 못했다. 이 허망한 결론이 다인종 사회로 진입한 지 이미 오래된 한국 사회에 던지는 시사점이 크다.

『은폐되고 봉합되는 제도적 인종주의』 정정훈 저, 공익인권법재단 공감 칼럼, 2009

2009년 '보노짓 후세인 사건'이 사회적 의제로 부상하자, 한국의 제도적 인종주의와 만연한 차별 의식을 내처 폭로한 글이다. 변호사로서 주제에 대한 정확한 인식과 이해를 바탕으로 다양한 이론과 실증 사례를 덧붙였다. 덕분에 술술 잘 읽히지만, 뒷맛은 결코 개운하지 않다.

인생이여, 고마워요

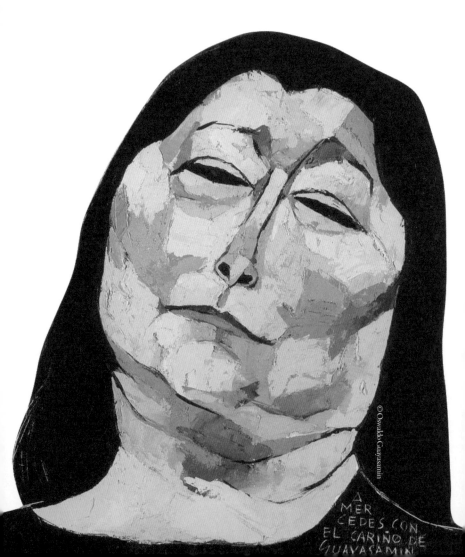

©Oswaldo Guayasamín

A
MER
CEDES CON
EL CARIÑO DE
GUAYASAMIN

노래꾼이 침묵하면

삶이 침묵하지

삶 자체가

한 곡의 노래이기 때문이라네

— 오라시오 과라니, 〈노래꾼이 침묵하면〉 중에서

1960년대
아르헨티나

전통의상 판초를 입고
칠흑 같은 머리를 가진
'라 네그라'(검은 여인)

300년 이상 스페인의 식민지였고
독립 후에는 백인 이민자들에게 밀려난
안데스 사람들

그리고 그들이 불렀던
안데스의 노래들

거기에 포크 음악을 결합한
새로운 노래
누에바 칸시온 Nueva Canción

노래 속에는
어디에도 지배당하지 않은
솔직하고 소박한 삶이 있었다

그러나

군사 쿠데타로 집권한
군부 정권 아래

금지되는 '누에바 칸시온'

1979년
소작농들의 비참한 현실과
대지주들의 착취를 비판하는
노래를 부르다가

관객 350여 명과 함께
공연장에서 체포된 검은 여인

정권에 반대하는 이들을 향한
무자비한 폭력

3만여 명의 시민이 희생된
'추악한 전쟁'

"신께 기도할 뿐입니다.
내가 불의에 무심하지 않게 하소서.
맹수의 발톱이 내 운명을 할퀴고 간 다음
다시 얻어맞는 일이 없도록 하소서."

─ 〈신께 기도할 뿐입니다〉 중에서

군부의 매서운 감시와 위협 속에서
결국 유럽으로 망명하는 검은 여인

조국 아르헨티나를 생각하며
유럽에서 다시 부르기 시작한
누에바 칸시온이
전 세계에 알려진다

그리고 3년 후인
1982년

자신이 유일하게 공연할 수 없는 나라
아르헨티나로
죽음을 각오한 채 돌아온다

"저는 메르세데스 소사, 아르헨티나인입니다."

수천 명의 청중이 보내는 박수와
붉은 카네이션

이윽고 들려오는 어떤 노래

숨죽인 채 목소리를 낼 수 없었던
아르헨티나인들의 노래

"내게 이토록 많은 것을 준
인생이여, 고마워요.
삶이 내게 웃음과 눈물을 주어서
나는 슬픔과 행복을 구별할 수 있게 됐지요.
이 둘이 내 노래의 재료이지요.
우리들 모두의 노래가 바로 나의 노래이지요.
인생이여, 고마워요."

메르세데스 소사는 1935년 7월 9일 아르헨티나 투쿠만 주 산미겔에서 태어났다. 안데스 산맥 언저리에 위치한 투쿠만은 아르헨티나에서도 원주민의 민속문화가 많이 남아 있던 곳으로, 훗날 '대륙의 목소리'로 불릴 소사의 정신적·음악적 토대가 되어주었다.

일찍부터 노래에 재능을 보인 소사는 열다섯 살 때 투쿠만 지역 방송국이 주최한 노래 경연대회에서 우승하며 음악 인생을 시작했다. 그 인연으로 방송국과 두 달간 출연계약을 맺지만, 라틴아메리카의 포크 음악을 업신여기는 담당 프로듀서의 말에 일을 그만두고 가정부, 사무실 급사 등을 전전하며 생계를 꾸렸다. 이때만 해도 소사의 음악 세계와 정체성은 '물라토mulato', '여성 가수'에 붙박여 있었으나, 1959년 동료이자 첫 남편인 마누엘 오스카 마투스를 만나며 극적으로 확장되었다. 결혼과 함께 남편의 고향 멘도사에 정착한 소사는 당대 음악인과 예술인, 지식인 들과 교류하면서 노래가 예술임을 깨닫는다. 더불어 백인/지배계급과 대비되는 원주민/하위주체로서 스스로를 인식하고, '말할 수 없는 자들의 목

소리'로 자신의 음악적 방향성을 정립한다.

　노래꾼의 소명을 품고 소사는 부에노스아이레스로 거처를 옮기지만, 정작 유명세는 우루과이의 몬테비데오에서 얻는다. 1962년 마리오 베네데티, 에두아르도 갈레아노 등 우루과이의 비판적 지식인들의 눈에 띈 그녀는 내처 데뷔앨범 〈라 보스 델 라 사프라La Voz De La Zafra〉를 발표하고, 이듬해 2월 '누에바 칸시온Nueva Canción' 선언에 참여하기 위해 멘도사로 돌아온다. 1940년대 라틴아메리카 전통문화를 채집·연구한 아르헨티나의 시인이자 음악가 아타우알파 유팡키의 활동에 기원한 '누에바 칸시온'은 스페인어로 '새로운 노래'라는 뜻이다.

피와 눈물의 땅

　1492년 크리스토퍼 콜럼버스가 당도한 후 약 300년 동안 라틴아메리카는 서구의 식민지로 살았다. 제국은 가혹한 수탈과 인종주의로 식민지를 다스렸다. 참다못한 피지배자들이 떨쳐 일어나 1810년 독립을 선언하지만, 선언이 곧 독립으로 이어지는 것은 아니었으므로 십여 년간 전쟁을 치렀다. 시몬 볼리바르, 산 마르틴 등 영웅들의 활약에 힘입어 1820년 라틴아메리카 국가들은 하나둘 독립해 현재의 얼개를 꾸렸다. 그러나 새로운 국가에서도 차별과 억압은 여전했다.

식민지 시절 라틴아메리카의 정치사회 구조는 제국이 파견한 백인을 정점으로 식민지에서 태어난 백인(크리오요criollo), 백인과 흑인 사이의 혼혈(물라토) 또는 백인과 원주민 사이의 혼혈(메스티소mestizo), 원주민 및 아프리카 흑인 노예가 사회계급적으로 피라미드 형태를 이루었다. 독립전쟁의 주체는 이중에서 같은 백인인데도 본토 출신에 비해 차별받던 크리오요였다. 독립전쟁 후 부와 권력을 독점한 이들은 이전과 같은 방식으로 국가를 통치했다. 독립을 위해 함께 피 흘린 물라토와 메스티소, 원주민과 흑인 들은 또다시 배제되고 착취당했다.

1910년 멕시코의 판초 비야와 에밀리아노 사파타가 독재와 부정부패, 굶주림에 지친 농민군을 이끌고 멕시코시티로 진격했다. 이들의 요구는 단 하나, 대지주에게 97퍼센트나 집중된 '땅과 자유'를 농민에게 돌려달라는 것이었다. 못 없는 자들의 무장봉기는 마침내 정권교체를 이뤄내지만, 1915년 혁명군 출신 카란사가 구세력의 비호로 권력을 장악하면서 현실은 원점으로 돌아갔다. 분배된 토지를 회수해 대농장주들에게 재분배하고, 사파타와 비야를 암살하는 등 대대적인 반동정치를 편 카란사는 결국 1920년 한 인디오 마을에서 살해된다. 그 후 알바로 오브레곤이 새로운 대통령으로 선출돼 상황을 새롭게 바꾸는 듯했지만, 이후 들어선 정권들이 혁명의 의미를 제도화한다는 명분으로 일당 독재 권력을 구축함으로써 끝내 혁명을 퇴색시켰다.

이 같은 상황은 멕시코 이남 지역도 다르지 않았다. 20세기 초 라틴아메리카의 여러 나라들은 군사 쿠데타가 계속되는 혼란 속에서 산업화를 이루었고, 그 결과 시민계급이 생겨났다. 이들은 크리오요의 집단지배에 맞서 노동조합을 결성했고 정치 참여를 열망했다. 시대가 소수 엘리트의 지배에서 다수 시민이 참여하는

민주주의를 요청함에 따라 아르헨티나의 후안 페론, 브라질의 제툴리우 바르가스 등이 선거를 통해 대통령직에 오르지만, 오래지 않아 '민중의 정부'는 시민을 배반하고 권력을 독차지했다.

이 틈에 미국 정부와 유나이티드프루트, 스탠더드오일 같은 다국적 회사, 브라운브라더스, J. P. 모건 같은 월가의 은행들은 라틴아메리카를 착취하는 데 힘을 모았다. 이들은 자본과 군사력으로 자기 이익에 부합하지 않는 정권을 무너트리고, 자신들의 뜻대로 움직일 수 있는 꼭두각시를 세워 배후조종했다. 당시 미 해병 원정대를 지휘했던 스메들리 버틀러 장군은 "1903년 나는 미국의 과일회사를 위해 온두라스를 진압하는 데 손을 빌려주었다. 1909~1912년에는 브라운브라더스를 위해 니카라과를 평정하는 임무를 맡았다. 1914년에는 멕시코가 미국의 석유회사에 순종하도록 애썼다. (…) 1916년에는 미국의 설탕회사를 대신해 도미니카 공화국을 습격했다"고 털어놓았다.

"기타는 총, 노래는 총알"

모든 사람의 목소리
모든 사람의 손
모든 피가
바람결에 노래가 될 수 있으리니

나와 함께 노래하세
라틴아메리카 형제여

그대의 희망을 목소리에 담아

함성으로 해방시켜라

— 메르세데스 소사, 〈모두 함께 부르는 노래〉 중에서

미국의 식민지나 다름없는 정치경제적 상황에서 '라틴아메리카 전통문화 복원'을 기치로 내걸고, 서구의 팝에 맞서 민중이 직접 대중음악을 정의하겠다는 누에바 칸시온 운동은 시작부터 정치적일 수밖에 없었다. 이 '새로운 노래'는 1959년 쿠바 혁명을 동력으로 삼아 라틴아메리카 전역으로 퍼졌다. 비올레타 파라, 빅토르 하라, 파트리시오 만스의 노래가 국경을 넘어 제국주의를 규탄하고, 독재를 비판하고, 진정한 자유와 평등과 독립을 열망하는 라틴아메리카의 인민을 하나로 묶어냈다. 칠레, 페루, 볼리비아, 아르헨티나 등에서 선창한 노래는 니카라과, 엘살바도르에까지 메아리쳐 혁명의 무기로 사용되었다. 하라의 말대로 '기타는 총, 노래는 총알'이었다. 총성 없는 이 전쟁은 1970년 칠레의 아옌데 사회주의 정권을 창출하면서 얼마간 승리를 맛보게 된다.

1963년 이 같은 흐름에 동참한 소사는 운동의 상징인 〈모두 함께 부르는 노래Canción con todos〉를 부르며 단숨에 누에바 칸시온 운동의 중심인물로 부상했다. "아르헨티나에서, 아니 라틴아메리카에서 사는 것 자체가 투쟁"이던 시대, 그녀는 "모든 사람에게 먹을 식량이 있고 입을 옷이 있으며 살 집이 있는, 모든 노동자가 자신의 일에 자부심을 느끼며 일할 수 있는" 세상을 꿈꿨다. 1970년 칠레가 증명했듯이 소사는 이 꿈을 이룰 길이 노래에 있다고 믿었기에, 온 삶을 노래를 찾고 부르는 일에 내걸었다. 1972년 '고급예술의 성지'로 대중문화에는 배타적이었던 콜론 극장에서 콘서트를

열었을 때 소사는 아르헨티나 누에바 칸시온의 대모가 되어 있었다.

1973년 9월 11일 칠레의 육군총사령관 아우구스토 피노체트가 군사 쿠데타를 일으켜 아옌데 정권을 무너트렸다. 그로부터 5일 후, 고문으로 훼손된 빅토르 하라의 시신이 산티아고 체육관 지하실에서 발견되었다. 칠레 군부는 누에바 칸시온과 연관된 모든 가수의 활동을 전면 금지하고, 민속악기 사용을 반역 행위로 간주하겠다고 선언했다.

1976년 3월 24일 아르헨티나의 육군총사령관 호르헤 비델라는 피노체트와 같은 방법으로 아르헨티나를 장악하고 칠레, 볼리비아, 파라과이, 우루과이 군사독재 정부와 함께 '콘도르 작전'을 펼쳤다. 표면적으로 콘도르 작전은 '사회주의 무장세력 축출'을 내세웠으나 실제 목적은 반정부세력을 제거하는 데 있었다. 이에 비델라는 '추악한 전쟁'을 전개하여 군부에 반대하는 좌파운동가, 지식인, 예술가, 페론주의자 들을 무차별 납치, 살해했다. 콘도르 작전으로 끌려간 사람들은 전국 600여 개 수용소에 수감돼 강간, 고문, 폭행당했고 사망자는 바다에 버려졌다. 1981년까지 이렇게 죽거나 실종된 사람은 정부 추산 1만 3000여 명, 인권단체 추산 3만여 명에 달했다.

1975년부터 이미 군부의 요주의 대상이던 소사는 1979년 부에노스아이레스에서 콘서트 도중 관객 350여 명과 함께 체포되었다. 공연을 빌미로 반정부 음모를 기획한다는 이유에서였다. 그러나 해외 여러 나라의 압력으로 보석금 1000달러에 풀려났고, 석방되자마자 홀로 프랑스로 망명했다. 이후 3년간 존 바에즈, 밥 딜런, 해리 벨라폰테 등과 함께 반전反戰 콘서트를 개최하며 음악 활동을 계속하다가 1982년 비델라가 실각하고서야 고국으로 돌아온다.

1982년 2월 18일 부에노스아이레스 오페라 극장에서 소사의 귀국 기념 무대가 열렸다. 오랫동안 침묵을 강요당했던 아르헨티나 사람들은 붉은 카네이션으로 '민중의 어머니'를 맞았다. 소사는 비올레타 파라의 노래 〈인생이여, 고마워요Gracias a La Vida〉로 이에 화답했다.

모두 함께 부르는 노래

2009년 10월 4일 지병으로 사망하기 전 소사는, 노래가 달라졌다는 비판에 대해 다음과 같이 답했다. "전 세계 민중을 위해 노래해야 할 책임이 있다는 것을 알고 있습니다. (…) 하지만 노래는 변합니다. 투쟁과 단결의 노래도 있고 인간의 고통에 대해 호소하는 노래도 있습니다. (…) 이제 나는 민중에게 어떤 문제제기를 하고 싶진 않아요. 대신 새로운 에너지를 보여주고 싶습니다."

오늘날 라틴아메리카에서 누에바 칸시온은 '저항의 노래'를 넘어 다양한 모습으로 변주되고 있다. 형식적으로는 발라드와 포크 이외에 랩, 힙합과도 접목했고, 내용적으로는 혁명과 투쟁이 아닌 보통 사람들의 감정과 삶을 표현하는 데까지 나아갔다. 이를테면 2014년 브라질월드컵에서 코스타리카 축구팀은 누에바 칸시온으로 응원가를 만들었다. 소사의 바람대로 누에바 칸시온은 라틴아메리카의 민주화 이후로도 면면히 이어져 민중과 함께 끝없이 다시 태어나는 노래, 영원히 새로운 노래, 모두 함께 부르는 노래로 남았다.

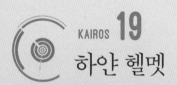

KAIROS **19**

하얀 헬멧

이슬람 무장단체는
우리를 종교적 배신자라 하고

정부군은
우리를 반군이라고 공격합니다

2011년 시작된 시리아 내전
내전의 최대 격전지 알레포

하루 50여 차례 이상 하늘에서 떨어지는
통폭탄Barrel Bomb

"금속 나사와 쇠막대 등 많은 것을 넣죠.
가능한 많은 파편들이 퍼져 나가게 하기 위해서죠.
결국 무고한 많은 사람들을 해쳐요."

— 아셈 알리, 알레포 주민

2014년 유엔안전보장이사회
'통폭탄 사용 금지 결의안' 통과

그러나
2015년 한 해 동안 투하된 통폭탄
1만 7318개

499명의 어린이 포함
민간인 2032명 사망

— 시리아 인권 네트워크

2016년 9월 알레포
2주 동안 어린이 106명 사망

밤낮을 가리지 않고 계속되는
민간인을 향한 무차별 폭격

국제구호단체의 진입까지 막힌
희망이 사라진
죽음의 땅

부모가 죽고
형제가 죽고
이웃이 죽어가는 모습을 보며

떠날 것인가?
싸울 것인가?

비처럼 쏟아지는 폭탄
그 안으로 뛰어든 알레포 청년들

폭격의 현장에서
자발적으로
비무장 무보수
구조 활동을 펼치는
시리아 민방위대

생명을 구하기 위해
이들이 쓰는 유일한 안전 장비
하얀 헬멧White Helmets*

"내일 무슨 일이 벌어질지 모르지만
우리는 죽을 때까지 구조 작업을
멈추지 않을 것입니다.
다른 선택지가 없습니다."

— 아마르 일 셀로, 하얀 헬멧 구조대장

그들이 묻지 않는 질문

당신은 누구 편인가?

"우리는 민간인, 반군, 정부군 구분 없이
목숨이 위험한 '모든 사람'을 구조합니다."

* 자발적으로 인명을 구조하는 시리아 민방위대의 별칭

지난 3년간 하얀 헬멧 대원
400여 명 부상
143명 사망

성역 없는 구조로
반군과 정부군의 표적이 된
하얀 헬멧 대원들

그럼에도 불구하고
20명에서
3000여 명으로 늘어난 대원들

터키에서 한 달간
생명을 구하기 위해
필수적으로 배우는 구조 훈련

그렇게 3년간 구조한
6만 2000여 명

"한 생명을 구하는 것은
온 인류를 구하는 것과 같다."
— 하얀 헬멧의 모토

서기 632년 이슬람교 창시자 마호메트 무함마드가 후계자를 정하지 않고 숨졌다. 이에 원로들은 무함마드의 장인이자 절친한 벗 아부 바크르를 칼리프로 추대했다. '칼리프 Khalifah'는 이슬람어로 '신의 사도(무함마드)의 대리인'이라는 뜻이다. 이로써 약 30년간 우마르-우스만-알리로 이어지는 '정통 칼리프 시대'가 열리지만, 4대 칼리프 알리가 당대 유력 가문이던 우마이야와 권력투쟁을 벌이다 재위 5년 만에 살해되면서 칼리프 시대가 끝났다.

이후 우마이야 가문은 알리의 근거지이던 쿠파(이라크)에서 다마스쿠스(시리아)로 수도를 옮기면서 '우마이야 왕조 시대'를 개창했다. 이어서 스스로 5대 칼리프 자리에 오르자, 알리의 추종자들은 일제히 반발하고 나섰다. 여기서 이슬람교 양대 종파 '수니 Sunni'와 '시아Shia'가 갈렸다. 수니는 칼리프가 집단합의로 추대할 수 있는 평범한 인간이고, 신자의 의무는 예언자의 관행을 따르는 것이라고 봤다. 수니라는 이름도 'Ahl al-Sunnah(전통을 따르는 자)'에서 연원한 것이다. 반면 시아는 무함마드의 직계혈통, 즉 무함마

드의 사촌 알리만이 예언자의 자격이 있다고 주장했다. 시아라는
명칭은 'Shia-t-Ali(알리를 좇는 사람)'이라는 말에서 따온 것이다.

우마이야 왕조는 양측의 뚜렷한 입장 차이를 무력으로 봉합했
다. 시아파 최대 종교일인 '아슈라Ashura'는 서기 680년 이라크 카
르발라 전투에서 우마이야 군대에 온몸이 갈가리 찢겨 죽은 알리
의 아들 후세인을 기리는 날이다. 이로써 수니는 이슬람 주류가 되
었고, 오늘날까지 사우디아라비아, 아랍에미리트, 아프가니스탄,
예멘, 이집트, 튀니지, 카타르, 터키 등 아랍 전역에서 위세를 떨치
고 있다. 이슬람교도의 85퍼센트도 수니파다. 그에 반해 시아파는
1501년 (이란의) 사파비 왕조가 국교로 삼을 때까지 줄곧 음지에
머물렀다. 세력도 상대적으로 미미해 현재 시아파가 득세하는 곳
은 이란, 이라크, 바레인, 아제르바이잔 정도다.

수니와 시아는 반목의 역사 속에서도 큰 충돌 없이 지냈다. 그런
데 1914년 영국과 프랑스가 러시아의 협력 아래 중동 지역을 남북
으로 나눠 분할 지배한다는 '사이크스-피코 협정'을 맺고, 아랍의
권력자들이 제 이익을 위해 서구열강에 동조하자, 이에 맞서 저항

세력이 봉기에 나섰다. 와중에 냉전시대가 시작되면서 근현대 이슬람은 제국주의, 민족주의, 민주주의, 이슬람주의, 공산주의, 자유주의, 반시오니즘의 격전장이 되었다. 이 과정에서 수니와 시아의 분열과 갈등은 때로는 그 자체로 물리적 충돌을 일으키거나, 때로는 각 세력이 적대세력을 처리하기 위한 도화선으로 작용했다. '이란-이라크 8년 전쟁'은 그 시발점이었다.

1979년 이라크의 수니파 사담 후세인이 군사 쿠데타로 대통령이 되었다. 같은 해 이란에서는 시아파 지도자 아야톨라 호메이니가 '이슬람혁명'에 성공하며 친미親美 성향의 팔레비 왕조를 끝장냈다. 시아의 발원지에서 이제 막 정권을 잡은 수니파로서 후세인은, 이웃나라 이란의 상황이 자국 내 시아파들에게 미칠 영향을 우려했고, 마침내 1980년 9월 20일 전쟁을 일으켰다.

그러자 이슬람혁명과 '미 대사관 인질사건'으로 기존의 친미 정권을 잃고 호메이니의 이란과 반목하던 미국이 은밀히 이라크를 지원했다. 사우디아라비아, 요르단 등 수니파 국가들은 시아파·이슬람혁명세력의 확장을 막고자 전쟁에 대놓고 합세했다. 이란은 미국과 수니파 연합의 공세를 8년간 버티다가, 1988년 8월 20일 휴전협정을 맺었다.

사상자 100만 명을 낸 무의미한 전쟁이 끝난 뒤, 종파를 이용한 권력투쟁과 이전투구는 본격화되었다. "독재자들은 정권을 유지하는 데, 여당은 야당을 탄압하는 데, 수구파는 혁신파를 제거하는 데 종파를 이용했다. 미국은 소련을 견제하기 위해, 소련은 공산주의를 확산하기 위해, 영국과 프랑스는 아랍에서의 영향력을 유지하기 위해 정부와 반정부세력을, 여당과 야당을, 수구와 혁신을 선택적으로 지원하며 종파갈등을 부추기고 확대하고 방관했다."

'아랍의 봄'에 피어난 비극

2001년 9·11 테러 이후 미국은 북한과 이라크를 '악의 축'으로 규정짓는 동시에, '테러와의 전쟁'을 선포했다. 그리고 2003년 3월 20일 사담 후세인이 몰래 생화학무기를 만들고 테러리스트들을 돕는다면서 이라크를 침공했다. 개전한 지 약 한 달 만에 미군은 이라크 주요 지역을 모두 점령했으나, 대량 살상무기와 테러단체를 지원한다는 증거는 어디에서도 나오지 않았다. 국제사회는 조지 부시 대통령이 침체에 빠진 미국 내수 경기를 부양하고 아랍 내 친미 블록을 구축하는 데 전쟁을 이용했다고 비난했지만, 미국은 아랑곳없이 후세인을 내쫓은 이라크에서 자유총선거를 치를 수 있도록 지원했다. 선거에서 압승한 시아파는 곧장 수니파 척결에 나섰다.

한편 2011년 1월 14일 가난과 불평등에 시달리던 튀니지 시민들은 23년간 온갖 부정부패를 저질러온 독재자 벤 알리를 몰아냈다. 세계는 튀니지의 국화國華가 재스민이라는 데 착안해 이를 '재스민혁명'이라 불렀다. 혁명의 여파는 곧 가까운 독재국가들로 번져, 2011년 2월 이집트 시민들은 30년 장기집권하던 호스니 무바라크 대통령을 축출했다. 같은 해 10월 리비아는 내전 끝에 무아마르 카다피 대통령을 사살하며 42년 독재정치를 종식시켰다. 이어서 11월 예멘의 압둘라 살레 대통령은 권력이양을 약속하며 33년 철권통치에 마침표를 찍었다. 이른바 '아랍의 봄'이다.

시리아도 2011년 3월 반정부시위를 시작했다. 당시 시리아는 1970년 국방장관 하페즈 알아사드가 군사 쿠데타로 대통령직에 올라 30년을 통치한 후, 아들 바사르에게 권력을 이양해 독재 권력을 지속하던 중이었다. 민주주의를 주장하는 목소리에 알아사드 정권은 벽에다 반정부 구호를 쓴 십대 소년 셋을 붙잡아 고문하는 것으로 응수했고, 이에 격분해 거리로 뛰쳐나온 사람들에게 실탄사격했다. 여기에 무장한 시민들이 반격하면서 시리아는 내전에 돌입하게 된다.

그런데 공교롭게도 알아사드는 시아파, 시민 대다수는 수니파였다. 민주화운동은 삽시간에 종파전쟁으로 비화되었다. 당장 이란과 레바논의 시아파 무장세력 '헤즈볼라'가 알아사드 편에 붙었다. 이에 질세라 '무슬림형제단', '알카에다' 등 수니파 과격단체들이 각지에서 시리아로 몰려왔다. 알카에다는 일찍이 미국이 9·11 테러의 배후로 지목한 집단이었다. 터키는 직접 참전하는 대신 시리아로 향하는 무장단체들에게 길을 내주었다.

이슬람에 발을 걸치고 있던 서구열강도 기다렸다는 듯 참전했다. 하페즈 시절부터 관계가 돈독했던 러시아는 알아사드를 편들었다. 단기적으로는 시리아에 설치한 러시아 군사조직을 보호하기 위해, 장기적으로는 크림반도 강제병합 이후 떨어진 국제사회에서의 위상을 회복하기 위해서였다. "시리아 내전에 깊숙이 개입한 러시아가 이슬람 극단주의 단체 공습 작전이나 시리아 내 휴전 협상을 주도하면서 자연스럽게 세계 강대국의 지위를 다시 확보하려 한다"고 분석한 이집트 국제정치 전문가 리다 셰하타의 주장이 이를 뒷받침한다. 러시아와 대립구도에 있는 미국은 반군을 지지했으나, 이라크에서 철군이 마무리되기 전이라 일단 방관 모드를 취했다. 2013년 무장단체 '이슬람국가IS, Islamic State'가 시리아 북부를 점령하고서는 유엔군까지 진격해왔다. 알카에다의 일개 분파였던 IS는 '단 하나의 칼리프 국가'라는 구호로 오랫동안 서구의 농단에

휘둘러 온 수니파들을 자극하며 내전 중 급속히 세력을 키웠다. 정부군과 반군, 시아와 수니, 러시아와 미국, IS와 유엔군이 각자의 명분으로 뒤엉킨 전쟁은 처음부터 난투극 양상을 띠었고, 그 틈에서 시리아인들의 삶은 완전히 폐허가 되었다.

속수무책의 벌거벗은 생명들

내전 발발 후 러시아와 알아사드 정권은 알레포 등 반군 점령 지역을 통폭탄과 독가스로 수백 차례 맹폭하며 민간인을 무차별 학살했다. 그 참상에 영국의 전직 육군 정보요원이자 보안 전문가 제임스 르 메슈리어는, 2013년 터키의 민간 구조단체 '메이데이 레스큐Mayday Rescue'의 도움을 받아 고립무원의 시리아 시민들을 구조

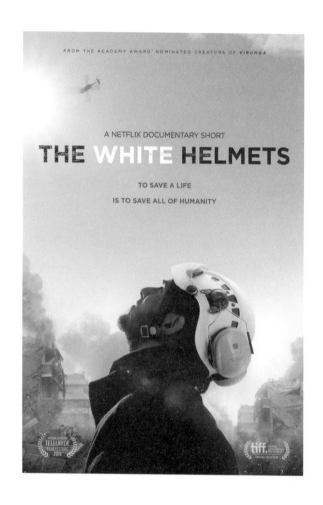

할 단체를 만들었다. 20여 명으로 출발한 단체는 곧 전국 여덟 개 지부, 114개 지역민방위대, 2850명의 구조대원을 둔 조직으로 확대 되었고, 2014년 10월 25일 투표를 거쳐 '시리아 민방위대 SCD, Syria Civil Defense'라는 이름으로 공식 출범했다. 자원봉사자로만 구성된 SCD는 그 자체로 자구책 외엔 살길이 없는 시리아인들의 참담한 현실을 반영한다.

흰 헬멧을 쓰고 활동한다 해서 '하얀 헬멧'으로 불리는 SCD의 목표는 이념, 종교, 피아의 구분 없이 '최단 시간 내 최대 인원을 구조'하는 것이다. 이렇게 내전의 한복판에서 약 6만여 명의 목숨을 구한 공로로 SCD는 2015년 세계 각지에서 민주주의와 인권보호 등을 위해 활동하는 개척자들에게 주는 '바른생활상'을 받았고, 2016년에는 노벨평화상 후보에 올랐다. 영국 감독 올랜도 폰 아인시델이 이들의 목숨 건 활약상을 담은 〈더 화이트 헬멧츠〉는 2017년 아카데미 단편 다큐멘터리상을 수상했다. 그러나 알아사드는 SCD가 주로 반군 지역에서 활약하고, 미 국무부의 기부금을 받았다는 이유로 '위장 알카에다'라고 주장하고 있다.

시리아 내전의 최대 격전지 알레포는 2016년 12월, 결국 정부군의 손에 넘어갔다. 그러나 전세가 러시아와 알아사드에 유리하게 돌아가나 싶던 2017년 4월, 내전을 관망 중이던 미국이 시리아 정부군을 공중폭격하며 본격 참전을 선포했다. 2016년 현재 시리아 내전으로 약 30만 명이 숨졌고, 1100만 명이 난민이 되었으며, 이중 절반은 어린이다.

◉ BOOK + ⋯⋯⋯⋯⋯⋯⋯⋯⋯⋯⋯⋯⋯⋯⋯⋯⋯⋯⋯⋯⋯⋯⋯⋯⋯⋯⋯⋯⋯⋯⋯⋯⋯⋯⋯⋯⋯⋯⋯

『현대 중동의 탄생』 데이비드 프롬킨 저, 이순호 역, 갈라파고스, 2015

어지럽게 얽힌 오늘날의 아랍 문제가 1차세계대전 전후 영국, 프랑스 등 서구 열강의 '개념 없는' 줄긋기에서 비롯됐다고 본 저자가, 당시의 어리석고도 긴박한 상황을 치밀한 자료를 토대로 재구성했다. 서구의 무지와 오만, 식민지 정부의 무능과 탐욕, 1세계 엘리트들의 무의미한 힘겨루기의 총합으로서 현대 중동의 탄생 과정을 엿볼 수 있다.

카메라 옵스큐라

the image is formed on the glass screen, N. Upon this a
sheet of paper may be placed, and the outline of the image
readily traced. A is simply a lap or screen to intercept the
light, which would otherwise render the image on the glass

invisible. The box consists of two parts, sliding in a
groove, and is so arranged for the purpose of obtaining a
clearly-defined image whatever may be the distance of the
object.

   Q. In what way is the camera employed in photography?

   A. The image being clearly defined on the ground glass of
the camera, that glass is removed, and its place occupied by
the prepared paper or plate, which receives and retains
precisely the same image as that which was previously seen
on the glass.

1622년

유럽의 미술 애호가들

"모든 회화는 죽었다."

1839년

프랑스 화가 폴 들라로슈

"오늘로 회화는 죽었다."

오랫동안
상류계급의 권위를 상징한 회화

그중에서도
왕족, 귀족의 전유물
초상화

인물의 사회적 권위를
사실적으로 묘사하기 위한
화가들의 비법

어두운 방
벽에 뚫린 구멍을 통해
밖에서 들어온 빛이 보여주는
생생한 바깥 풍경

'어두운 방'이라는 의미의 라틴어
카메라 옵스큐라 camera obscura

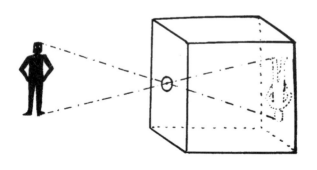

"다른 어떤 방법으로도
이만큼 사물을 똑같이 그릴 수는 없다."

풍경 정물 초상화
다양한 장르에 이용된
카메라 옵스큐라

그리고
등장한 의문

'굳이 화가의 손이 필요한가?'

1839년
감광판을 이용해
손으로 그리지 않고도
이미지 포착

"현대 과학의 가장 중요하고 뛰어난 승리다."

— 에드거 앨런 포, 소설가

화가의 손을
무력하게 만드는
정확한 사진

"오늘로 회화는 죽었다."

— 폴 들라로슈, 화가

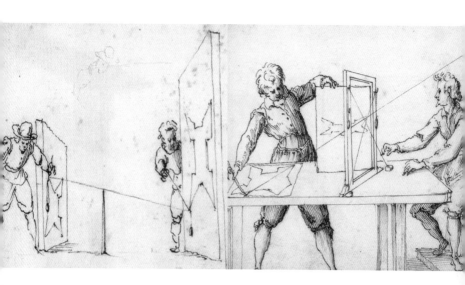

회화와 비교할 수 없는 저렴한 가격
쉽고 빠르게 복제 가능

1849년 56곳
1860년 207곳
급증하는 파리의 사진관

비로소 초상사진을 갖게 된
일반 대중들

"사진은 어리석은 대중의 힘을 빌려
예술의 자리를 차지하고 예술을 망칠 것이다."

― 보들레르, 시인

그러나

고독한 시선
상념에 빠진 모델

인물의 '심리'를 포착한 사진

예술이 된 사진

　　　　　　　카메라 옵스큐라는 레오나르도 다빈치가 고
안했다고 알려졌으나, 사실 그전부터 여러 사람들이 사용해왔던
광학장치다. 어두운 방의 지붕이나 벽에 작은 구멍을 뚫어 반대쪽
흰 벽이나 막에 집 밖 풍경이 거꾸로 찍히도록 한 이 장치는, 기원
전 4세기 그리스 철학자 아리스토텔레스가 사용했다는 기록이 있
을 만큼 유서가 깊다. 카메라 옵스큐라는 라틴어로 '어두운 방'이
라는 뜻이다.

　사진의 역사는 프랑스의 화가 루이 다게르가 독자적인 현상법으
로 카메라 옵스큐라의 상을 은판 위에 고정시키면서 시작되었다.
광학과 화학을 결합한 다게레오타이프daguerréotype는 1839년 8월
19일 프랑스 과학아카데미에서 정식으로 발명품으로 인정받았고,
그해 파리에서 시판을 시작했다. 감광이 약한 탓에 햇볕이 쨍쨍한
야외에서, 오랜 시간 노출해야 했던 기술적 한계상 초창기 사진은
주로 풍경을 찍으며 회화를 보조했지만, 렌즈와 감광판, 현상법 등
기술이 발달하면서 초상사진으로 영역을 넓혔다. 부르주아의 전유
물이었던 초상화를 쉽고, 빠르고, 싼값에 소유할 수 있게 되자 초

상사진은 전 계층으로 들불처럼 번졌고, 영세 화가들은 앞다퉈 사진가로 전업했다. 시인 보들레르는 「현대의 대중과 사진」이라는 글을 통해 "요즘같이 통탄할 시기에 새로운 산업인 사진이 생겨났는데 (…) 이것은 재능이 없거나 게을러서 실패한 모든 화가들의 피난처가 되었다"면서 기계화·산업화에 매몰되는 시각예술을 비판했다.

1859년, 매년 살롱전이 열리던 프랑스 샹젤리제 궁의 한구석에서 사진협회의 전시가 열렸다. 바야흐로 사진이 회화나 조각 등 전통미술과 동등한 예술적 권리를 얻은 순간이다. 이에 이전까지 대상을 모방하는 유일한 수단이던 회화는 그 지위를 위협받았고, 많은 사람들이 '회화의 죽음'을 예언했다. 그러나 극사실적으로 사물을 재현한 사진은 인간의 인식구조와 세계에 대한 믿음을 뒤흔들면서 회화에 새로운 길을 열어주었다. 현실은 무엇인가, 인간의 의식은 어떻게 인식을 구성하는가, 눈으로 본 것은 과연 사실이며 믿을 만한 것인가. 근대 화가들은 세계와 인간의 의식을 고정되고 불변하는 것으로 간주하던 과거의 신념을 의심했다. 사물의 외적 재현은 사진에 맡기고 심미적 사실주의로 방향을 돌린 화가들은 현실과 인식, 사실과 재현, 눈과 시각 사이의 균열을 포착하고, 시시각각 변하는 빛으로 이를 표현하기 시작했다. 19세기 후반 인상파 출현의 배경이다.

눈먼 자들에게 내린 복제기술의 은총

세상에 대한 이해가 부족하던 시절 인간은 가뭄, 홍수, 벼락 같은 자연재해가 신의 뜻이라고 여겼다. 신을 섬겨 그 뜻을 알면 위험을 막을 수 있다고 믿었던 인간들은 돌이나 나무를 깎아 만든 상像을 신에게 바치고 제사를 지내며 경배했다. 종교와 예술의 출발점이다.

상은 그 자체로는 아무것도 아니었지만 신 앞에 놓이는 순간 신의 눈길이 머무는 것, 다가갈 수 없는 것, 대체 불가능한 것으로 격상되어 인간의 눈을 미혹했다. 독일의 문예이론가 발터 베냐민은 이를 아우라Aura라고 명명하면서 "공간과 시간으로 짜인 특이한 직물로, 아무리 가까이 있더라도 멀리 떨어져 있는 어떤 것의 일회적인 현상"으로 정의한다. 즉, 아우라는 눈앞에 있는 것을 마치 범접할 수 없는 먼 것처럼 '느끼는' 현상이며, 시공간적 일회성, 현존성, 유일무이성 등 세 가지 조건을 전제로 한다.

문명이 발전하고 자연에 대한 지혜가 쌓이면서 상은 더이상 아우라를 가질 이유가 없었다. 그럼에도 아우라는 회화 같은 시각예술로 계승되는데, 베냐민은 이것을 '대중의 눈을 가리려는' 지배계급의 이데올로기로 파악했다. '아무리 가까이 있어도 멀리 떨어져

있는 것처럼' 보이게 하는 아우라는 현실 세계를 직시하지 못하도록 만들기 때문이다. 베냐민이 사진에 주목한 이유는 여기에 있었다. 복제기술로서 사진은 '유일무이'라는 아우라의 존재 근거를 파괴할뿐더러 지금껏 보지 못했던 '시각적 무의식'을 드러낸다. 베냐민은 이것이야말로 사진의 진정한 힘이자, 회화가 품은 반감의 실체라고 주장한다.

"최초로 혁명적이라고 부를 수 있는 복제 수단인 사진술이 등장하면서부터 예술은 위기가, 그러니까 이후 100년이 지난 뒤에는 명백하게 드러나게 될 어떤 위기가 다가오고 있음을 느꼈다. (⋯) 보들레르가 그 새로운 기술을 독자들에게 알리면서 한 말은 얼마나 냉철하고 심지어 비관적인가. (⋯) '사진이 자신이 갖고 있는 몇몇 기능들을 가지고 예술을 보완해도 된다면, 예술은 이내 사진에게 완전히 밀려나 파멸하게 될 것이다.'"

— 발터 베냐민, 『기술복제시대의 예술작품/사진의 작은 역사 외』
(최성만 역, 도서출판길, 2007) 중에서

사물을 '사실적으로' 재현하는 사진은 혁명성을 내포한다. 그 증거로 베냐민은 사진사 카를 다우텐다이가 아내와 찍은 사진을 제시한다. 정면을 응시하는 다우텐다이와 달리 그의 아내의 시선은 사선으로 기울어져 다른 곳을 바라보고 있는데, 베냐민은 여기가 아닌 다른 곳을 응시하는 그녀의 시선이 지금껏 회화가 그리지 않았던 시선, 지배 이데올로기가 감추려 했던 시선, 또 다른 세계를 상상하는 자의 시선이라고 말한다. 남편과 같은 곳을 바라보지 않는 그녀의 눈은 가부장적 이데올로기의 억압과, 그것으로부터 탈주하려는 반역의 가능성을 폭로한다.

당대 유럽의 수많은 지식인들과 마찬가지로 프롤레타리아 혁명을 꿈꾸었던 베냐민은, 사진(과 영화)으로 인해 아우라가 사라지면 대중의 눈이 밝아지고, 그 순간 '눈뜬 자들의 도시'가 도래할 것이라고 믿었다. 그러나 그의 바람과 달리 사진은 회화를 모방하는 방식으로 이데올로기적 아우라를 계승했고, 예술사진과 상업사진으로 양분되면서 시각예술의 하나로 자리잡는다. 그리고 베냐민의 아우라론은 프랑스의 기호학자 롤랑 바르트에게 이어져 '푼크툼'으로 형상화되었다.

바르트는 사진 이미지를 스투디움studium과 푼크툼punctum으로 구분하는데, 스투디움은 분명한 메시지를 품고, 누구에게나 명징하게 다가가는 사진으로 '보도사진'이 대표적이다. 반면 푼크툼은 어떤 말로도 설명할 수 없지만 충격과 상처로 다가오는 개별적인 이미지로서, 바르트는 "푼크툼이 없는 사진은 외칠 수는 있지만 상처를 줄 수는 없다"고 단언한다. 오래돼 희미한 사진 속에서 흰 셔츠를 입고 활짝 웃고 있는 아버지의 모습이 알 수 없는 서글픔으로 가슴을 찌른다면, 그것이 바로 푼크툼이다. 바르트는 자신의 사진 이론을 묶어 『카메라 루시다』라는 제목의 책으로 펴냈다. 카메라 루시다camera lucida는 라틴어로 '밝은 방'이라는 뜻이다.

아우라는 필름에서 디지털로 사진의 주도권이 넘어가면서 또한 번 부정될 기회를 맞지만, 시각예술의 관습 안에 결국 포섭되었다. 경계를 흐리고, 이미지를 뿌옇게 처리해 신비감을 더하는 일명 '뽀샵질'은 오늘날 사진에 아우라를 불어넣는 가장 통속적인 방법이다.

◉ BOOK + ···

『사진과 텍스트』 김우룡 편저, 눈빛, 2006

최초의 기술복제 수단으로서 사진이 지닌 혁명성과 기존 시각예술계의 반발, 이를 이겨내고 예술의 일파가 되려는 노력과 과정, 더이상 없어서는 안 될 매체가 되어버린 사진의 사회적 효용과 그에 대한 비판 등 1839년 사진기가 발명된 이후 기술에서 예술로 빠르게 위치 변경한 사진의 '짧은 역사'가 샤를 보들레르, 알프레드 스티글리츠, 루이스 하인, 워커 에반스, 발터 베냐민, 존 버거, 롤랑 바르트, 수전 손택 등의 명문을 통해 일목요연하게 펼쳐진다.

『밝은 방』 롤랑 바르트 저, 김웅권 역, 동문선, 2006

1970년대 기호학, 구조주의, 정신분석학 등 외부이론이 유입되면서 사진은 이론적으로 더욱 풍성해졌다. 『밝은 방』은 프랑스의 기호학자이자 구조주의자 롤랑 바르트가 정리한 사진이론서로, '스투디움'과 '푼크툼'이라는 새로운 용어와 함께 '죽음의 매체'로서 사진의 본질을 고민한다.

답장을 기다리겠습니다

보내는 사람

얀 마텔
『파이 이야기』 저자

받는 사람

스티븐 하퍼
캐나다 수상

2007년 4월
첫번째 편지가 시작되었다

"읽어보시기를 권합니다."

"덧없는 것에 열중하고
매정하게 살아가는 우리 모습을
명쾌하고 간결하게 보여줍니다."
— 톨스토이, 『이반 일리치의 죽음』

"수상께서는 이 책에 완전히 빠져들어
온 마음이 갈가리 찢어질지도 모릅니다."
— 유대인 학살의 참상을 다룬 만화책 『쥐』

"프랑스어 실력을 유지하는 데
도움이 될 겁니다."
— 프랑스어로 쓰인 『어린 왕자』

2주에 한 번씩
유명 작가가 수상에게 보내는
시 소설 희곡 비평
만화 동화 영화대본 오디오북…

200쪽 이하로 짧고 평이하며
간결하게 쓰인 다양한 문학작품을
심사숙고하며 고르는 작가

2008년
수상이 두번째 임기를 시작할 때
세계에서 가장 오래된 이야기책
『길가메시』 서사시를 보내며 건넨 편지

"아주 오래된 진실이지만
지금도 여전히 유효한 진실입니다."

문화예술 정책이
대폭 축소되었을 때

자본만이 중시되는 현실을
신랄하게 풍자하는
조너선 스위프트의 『겸손한 제안』을 보내며

"이 책은 정치와 예술의 관계를 말하는
대표적인 글입니다.
읽어보시기를 권합니다."

어쩌다 얀 마텔이
편지를 쓸 수 없을 때
대신 편지를 이어간 캐나다의 다른 작가들

4년 동안 끊이지 않고
수상의 책상 위로 배달된
100여 권의 책과 101통의 편지들

그리고
특별했던 책 한 권

『스티븐 하퍼는 어떤 책을 읽고 있을까?』

"이 책은 수상께서 이미 읽으셨기를 바랍니다."

수상에게 보낸 편지를 모은
책 속에서 던진 물음

"국민은 수상이
캐나다의 역사와 지리를 완벽하게 파악하고,
경제와 외교에도 유능하기를 바랍니다.
신뢰를 주기 위해 재산 상황도 밝혀줘야겠지요.
그런데 왜 그가 품은 꿈과 상상력은
검증하지 않는 것일까요?"

그리고

수상에게 건네는 한 가지 제안

"캐나다 수상을 꿈꾸는
유망한 정치인들을 위한 독서 목록을
미리 확보해두면 어떨까요?
그들이 캐나다의 지도자가 되기에
충분한 상상력을 지닐 수 있도록 말입니다."

이 중요한 제안에 대한
수상의 입장은 무엇입니까?

답장을 기다리겠습니다

1963년 6월 25일, 외교관이던 아버지의 부임지 스페인 살라망카에서 태어난 얀 마텔은 코스타리카, 프랑스, 멕시코 등지에서 어린 시절을 보냈다. 캐나다 포트 호프의 기숙학교를 거쳐 토론토대학을 졸업한 후에도 방랑벽은 계속되어 인도, 터키, 이란 등지를 떠돌았다. 캐나다로 돌아와 스물일곱 살부터 글을 쓰기 시작한 마텔은 1993년 소설 『헬싱키 로카마티오 일가 이면의 사실들』을 발표하며 작가로 데뷔했다. 이후 『셀프』 『파이 이야기』 『20세기의 셔츠』 등 상상력을 자극하는 도전적인 작품을 연이어 내놓으며 세계적인 작가로 자리매김했다.

2007년 3월 말, '캐나다 예술위원회 50주년 기념행사'에 초대된 얀 마텔은 그곳에서 캐나다 수상 스티븐 하퍼를 보게 된다. 행사장 한편에 앉아 고개를 숙인 채 다음 의제에만 열중하던 하퍼의 모습에서 마텔은 '(우리는) 국가를 이끄는 지도자가 무엇에서 마음의 양식을 얻고 어떤 마음을 품기를 바라는가'라는 본질적인 의문을 갖는다. 한 나라의 지도자가 그리는 이상이 자신에게는 악몽이 될 수도 있다는 불안을 떨치지 못한 마텔은 '가장 작가적이고 평화로운

방법으로' 수상에게 문화예술의 중요성과 사색의 필요성을 전하기로 결심하고, 2007년 4월부터 2011년 2월까지, 격주에 한 번, 추천사와 함께 책을 골라 수상에게 보내기 시작한다.

마텔이 하퍼 총리에게 추천한 책은 세 가지 기준으로 선택되었다. 첫째, 200쪽 이하로 짧을 것. 둘째, 가능한 쉽고 간결할 것. 셋째, 가능한 다양한 주제일 것. 이렇게 『이반 일리치의 죽음』『동물농장』『캉디드』『문학의 구조와 상상력』『광인일기』『잃어버린 시간을 찾아서』 등의 문학작품이 선별되었다. 문학으로 장르를 한정한 것은, 정치적 상황에서 벗어나 냉철하게 판단하려면 픽션의 상상력이 무엇보다 필요하고, 좁은 식견에서 벗어나 사람과 세상에 대한 이해를 넓힐 수 있다는 판단에서였다.

보좌관의 의례적인 회신 이외에 하퍼 수상은 단 한 번도 답장을 보내지 않았다. 그러나 마텔은 편지 쓰기를 멈추지 않았을뿐더러, 모든 과정을 웹사이트www.whatisstephenharperreading.ca 를 통해 공개했다. 나아가 이 글들을 묶어 책으로 펴냈는데, 2013년 한국에서도 『각하, 문학을 읽으십시오』(강주헌 역, 작가정신, 2013)란 제목으로 번역·출간되었다. 이 책에서 한국어판 서문을 대신해 얀 마텔은 박근혜 대통령에게 짧은 편지를 썼다.

"대통령님이 위대한 대통령의 반열에 올라서기를 바라는 마음에서 조언하자면, 소설이나 시집 혹은 희곡을 항상 침대 옆 작은 탁자에 놓아두는 걸 잊지 마십시오. (…) 현재의 순간에서 벗어나지 못하면, 광적인 정치적 상황에서 벗어나지 못하면, 대통령님이 진정으로 무엇을 하기를 바라고 어느 방향으로 가야 하는지 냉철하게 판단하기 힘듭니다. 그렇기에 독서가 필요한 것입니다. 픽션을 읽으십시오. 그것이 새로운 세계를 꿈꾸는 하나의 방법입니다."

테러와 수사학의 논쟁

근대문학은 작가와 작품이 현실 사회에 어떤 입장을 취하느냐에 따라 순수문학과 참여문학으로 갈렸다. 순수문학은 문학의 순수성을 강조하면서 문학이 정치나 권력, 이념의 도구로 이용되는 것을 거부했다. 반면 참여문학은 개인의 자유에 기반한 현실 세계 비판과 새로운 세계를 향해 자신을 내던지는 실천적 행위를 옹호하는 것으로, 프랑스 작가 장 폴 사르트르의 '앙가주망engagement(개인이 자유의지에 따라 선택한 자기구속)' 개념을 통해 확립되었다. 앙가주망은 자유를 억압하는 모순된 상황과 부조리에 맞서는 모든 문학적 실천을 포괄하는데, 이를 위해 작가는 자신뿐만 아니라 타인의 자유를 위해서도 스스로 구속된(참여한) 작가로서 행동해야 한다.

문학의 역할에 대한 전제가 다른 까닭에 순수문학과 참여문학 논쟁은 근대 내내 첨예했다. 사르트르의 말을 빌리자면 이는 '테러와 수사학'의 논쟁이자 '순교로서의 문학과 직업으로서의 문학' 사이의 논쟁이었다. 문학은 본질적으로 사회참여적이어야 한다는 사르트르의 입장이 순수문학 진영과 탐미주의자들에게서 예술을 계급투쟁의 도구로 삼는다는 비판을 받았다면, 순수문학은 형식주의, 도피주의, 이기주의, 소시민주의라고 공격받았다.

　한국 문단에서도 테러와 수사학의 논쟁은 있어왔다. 1930년대 유진오, 김동리, 김환태 등이 "순수란 모든 비문학적인 야심과 정치와 책모를 떠나 오로지 빛나는 문학정신만을 옹호하려는 의연한 태도"라고 순수문학을 미화하며 시작된 논쟁은, 1963년 『현대문학』의 김병걸, 김우종, 이형기의 순수문학 논쟁, 1967년 김붕구의 참여문학 비판에 대해 임중빈, 선우휘, 김현 등이 벌인 공방전, 1968년 이어령과 김수영이 각각 순수문학과 참여문학 입장에서 벌인 순수·참여논쟁으로 이어졌다.

　지난한 싸움은 2004년 일본의 사상가 가라타니 고진이 "문학이 근대에 특별한 의미를 부여받았고, 그 때문에 특별한 중요성, 특별한 가치가 있었지만 이제는 모두 사라졌다"며 '근대문학의 종언'을 선언하며 종결되는 듯했다. 문학이 사회를 향한 비판, 억압적 현실의 탈주로로서 수행하던 역할을 더이상 하지 못한다는 고진의 진단은, 순수·참여논쟁을 넘어 문학의 존재 근거를 뒤흔들었다. 고진의 선언은 한국 문학에도 해당되는가. 만약 그렇다면 포스트모던 시대 문학은 무엇이며, 무엇을 해야 하는가. 절박했던 질문은 2011년 프랑스 철학자 자크 랑시에르의 '문학의 정치'라는 개념과 만나면서 새롭게 재검토되었다.

랑시에르는 문학의 정치를 작가가 정치·사회적 투쟁에 직접 뛰어들거나, 저술을 통해 비판의식을 드러내는 일로 한정하지 않는다. "문학의 정치는 문학이 그 자체로 정치 행위를 수행하는 것을 함축한다. 따라서 이 표현은 '작가가 정치적 참여를 해야 하느냐' 또는 '예술의 순수성에 전념해야 하느냐' 하는 문제로 제기되지 않는다. 이 순수성 자체도 사실 정치와 무관한 것이 아니다. 문학의 정치는 특정한 집단적 실천 형태로서의 정치와, 글쓰기 기교로 규정된 실천으로서의 문학, 이 양자 간에 어떤 본질적 관계가 있음을 전제로 한다."

문학을 글쓰기의 민주주의로, 정치를 인민의 통치로 정의하면서 랑시에르는 문학의 여전한 정치성을 주장한다.

정치적인, 너무나 정치적인 현대문학

2013년 12월 초 작가 이제하는 자신의 페이스북에 순수문학 월간지 『현대문학』이 정치적인 이유로 연재를 거부했다는 사실을 알렸다. 2014년 1월호부터 한국으로 귀화한 선교사 이야기를 다룬 장편소설 『일어나라, 삼손』을 연재할 예정이었는데, 1회분 원고를 넘긴 후 『현대문학』으로부터 연재거부 통보를 받았다는 설명이다. 이 작가는 "1회분에 은퇴한 가수와 귀화한 선교사가 등장하는데 그 가수가 첫 데뷔한 시대적 배경을 설명하자니 1987년 6월 항쟁이라는 단어를 쓸 수밖에 없었고 이후 4~5년 동안 은둔하게 된 배경을 설명하자니 박정희 유신체제라는 단어를 쓰게 됐는데 아마도 이걸 문제 삼은 것 같다"고 말했다. 원로작가 서정인, 정찬도 같은 이유로 연재를 거부당했다.

『현대문학』의 정치적 편향성은 2013년 9월호에 박근혜 대통령이 쓴 수필 네 편과, 서강대 명예교수 이태동의 「바른 것이 지혜이다-박근혜의 수필 세계」라는 비평을 실으면서 논란이 되었다. 박대통령의 수필이 몽테뉴와 베이컨의 전통을 잇는 명작이며 "우리의 삶의 등불이 되는, 진주와도 같은 작품"이라고 찬양한 이태동의 글을 비판적으로 언급한 평론가 양경언의 비평문도 『현대문학』은 11월호에 해당 부분을 삭제한 채 게재한 바 있다.

서효인, 심보선, 한유주 등 젊은 작가 74명은 2013년 12월 16일 '우리는 『현대문학』을 거부한다'는 성명서를 냈다. 작가들은 "『현대문학』이 비상식적인 기준으로 작품을 제한하고 작가의 메시지를 검열한 것에 분노와 수치심을 느낀다"면서 "『현대문학』에 글을 싣지 않는 것으로 우리의 거부를 표명한다"고 밝혔다. 논란이 커지자 『현대문학』은 이튿날인 17일 성명을 발표하여 문인들에게 사과하고, 편집주간과 편집자문위원 등 책임자 전원이 사퇴했다.

작가 장정일은 2014년 1월 5일 한겨레에 '정치적인, 너무나 정치적인 『현대문학』'이라는 칼럼을 기고했다. 『현대문학』 사태를 '2013년 문단의 최고 추문'으로 단언한 그는, "게재를 거부당한 이제하, 서정인, 정찬 작가는 흔히 말하는 '참여(정치) 작가'와 거리가 멀다. 그럼에도 불구하고 세 작가가 정치적인 이유로 딱지를 맞은 것이야말로 문학의 순도 높은 정치성을 역설한다"며 글을 맺었다.

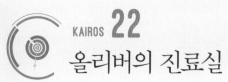

KAIROS **22**

올리버의 진료실

"집 안이 겨울이에요.
죽음처럼 차가워요."

지적 장애를 가진 리베커는
지능지수가 60 이하이다

사랑하는 할머니가 돌아가시자
그녀가 울면서 말했다

지적 장애를 가지고 있더라도
감정과 상상력은 훼손되지 않는다

'뇌에 손상을 입으면
인간 이하의 존재가 된다.'
— 1980년대 주류 신경학

의학은 왜 결함만을 주목하는 걸까?

장애에 대한 편견에
의문을 품은
미국의 한 신경과 전문의

기억의 대부분을 잃어버린 사람에게는
어떤 세계가 남을까?

"안녕하세요, 선생님!
날씨가 참 좋아요!"

지미는 준수하고 활발한 남자였다
나는 그와 대화를 나눈 후
방을 나갔다가 들어왔다

"안녕하세요, 선생님!
날씨가 참 좋아요!"

알코올성 기억 장애로
기억의 지속 시간이 1분뿐인 남자

그러나

자신이 좋아하는 정원을 가꿀 때
그는 아름다움에 마음을 기울이는
온전한 인간이었다

투렛 증후군 환자 레이에게는
두 개의 자아가 있다

신중하고 분별력 있는 레이
틱 증상으로 충동적인 행동을 하는 레이

나는 약물을 처방했다
결과가 좋았다

하지만 그는
스스로가 사라진다고 느꼈다

예술적이고 충동적인
절반의 레이가 사라졌기 때문이다

우리는 그의 세계를 유지할 수 있는
'균형'을 찾아보기로 했다

주중에는 투약 후 성실한 직장인으로
주말이면 자유로운 드럼 연주자로

그는 병으로부터 배웠다

시력을 잃은 로잘리 할머니에게
어느 날부터 보이기 시작한
풍경

시각 장애인의 10퍼센트가 겪는
환각 증상

그녀의 환각은
시각 장애로 역할을 잃은 시각 세포를
되찾으려는 노력이다

그러므로
질병은 정상 변이Normal Variation다

또 다른 형태의 정상

환자들은 각자의 이야기가 있는
진짜 사람들이었다

50년 동안
수천 명의 환자들과

대화를 나누고
삶을 관찰하고
그 모든 것을 기록한

영국 출신의 신경과 전문의이자 작가
올리버 색스 Oliver Sacks, 1933~2015

"내가 단순한 치료나 연구 대상으로
느껴지지 않도록 한 의사는 그가 처음이었다."

— 올리버 색스의 환자였던 수 배리

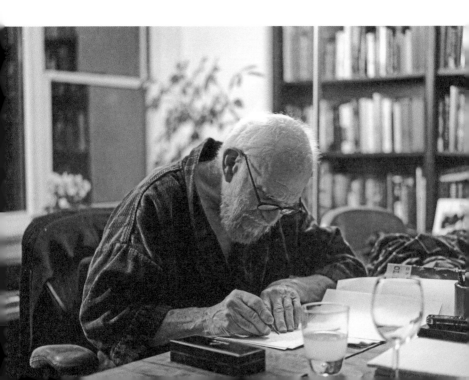

그가 기록한 마지막 환자

한 달 전 나는 건강이 괜찮다고
심지어 튼튼하다고 느꼈다
하지만 나도 운이 다했다

호흡이 가빠지고
한때 단단했던 근육이
암에 녹아버렸다

그의 나이 82세
암으로 시력을 잃고
죽음을 준비하며
그는 다시 기록한다

사람들은 저마다
독특한 개인으로 존재하고
자기만의 삶을 살고
자기만의 죽음을 죽는다

나는 이 아름다운 행성에서
지각 있는 존재
생각하는 동물로 살았다

그것은 엄청난 특권이자 모험이었다

올리버 색스는 1933년 7월 9일 영국 런던에서 태어나, 유대인 의사였던 양친 아래서 경제적·문화적 수혜와 종교적·사상적 영향을 받으며 자랐다. 언뜻 남부러울 것 없는 중산층 가정의 자제였지만, 성장기를 거치며 남모를 혼란과 좌절을 겪었다. 1941년 2차세계대전으로 런던에 대피령이 내리면서 올리버 색스는 바로 손위 형 마이클과 아일랜드의 기숙학교로 보내졌는데, 가학적인 교장에게 두드려 맞는 동안 마이클에게 조현병이 발병했다. 나날이 깊어지는 형의 병세를 안타까움과 연민으로 지켜보면서 올리버 색스는 정신의학과 정신질환자, 그리고 그들 가족의 삶을 알게 되었다. 동시에 자신에게도 정신질환이 발병할지 모른다는 공포에 질려 집에 실험실을 만들고 화학실험에 몰두했다. 이즈음 그는 자신의 성 정체성을 인식하는데, 사실을 전해들은 어머니는 "가증스럽구나. 넌 태어나지 말았어야 해"라며 저주에 가까운 반응을 보였다. 동성애가 죄악시되던 시절, 색스는 조현병자와 게이 아들을 둬야 했던 모친의 참담한 심정을 헤아렸지만, 이 말은 어쩔 수 없이 죄의식으로 전환돼 평생의 억압으로 작용했다.

　이후 색스는 가엾고 두려운 형으로부터, 부모의 실망으로부터, 자신의 성 정체성으로부터 도망치듯 살았다. 미친 듯이 오토바이를 몰고, 종종 기억을 잃을 때까지 술을 마셨다. 대학을 다니다 말고 이스라엘 '키부츠'에서 노동했으며, 쉬는 날에는 홍해에서 스쿠버다이빙에 몰두했다. 일자리를 따라 미국 캘리포니아로 흘러들었을 때는 근육이 찢어질 때까지 벌크 업에 '올인'하며, 몸 좋은 젊은 이들이 함께 모여 운동하던 '머슬비치muscle beach'를 어슬렁거렸다. 낮에는 환자를 보고 밤에는 마약에 취했다. 그러면서 자연스럽게 다양한 인종/계급/성 정체성을 가진 사람들과 어울렸는데, 이 경험은 형에 대한 부채감, 정체성에 대한 불안, 그로 인한 폭주와 우울, 훗날 골절 및 암과 싸워야 했던 인생 역정과 더불어 '지구의 이방인'으로서 정신질환자의 삶을 이해하는 토대가 되었다.

　1960년 옥스퍼드대학 퀸스칼리지에서 의학 학위를 받고 색스는 미국으로 건너갔다. 이후 샌프란시스코와 캘리포니아대학에서 레지던트 생활을 했고, 1965년 뉴욕으로 옮겨가 이듬해부터 베스에이브러햄병원 신경과 전문의로 일했다. 처음에는 실험실 연구원으로 있었지만, 연구에는 소질이 없어 1966년 임상으로 자리를 옮겼다. 이 선택이 결과적으로 그를 구원했다. 그때껏 자기파괴적 흥분에 절어 살던 색스는 "임상에서 능력을 발휘하고, 환자를 치료하면서 기쁨을 느끼기 시작했다." 특히 아널드 P. 프리드먼의 편두통 전문 클리닉에서 '살아 있는' 환자들과 교류하며, 그들의 이야기를 쓰고 싶다는 새로운 욕망에 사로잡혔다. 마침 색스는 소련의 신경심리학자 A. R. 루리야가 환자의 증상과 개인사를 엮어 쓴 병례사 『모든 것을 기억하는 남자』에 감명을 받고, 그녀의 글쓰기 방법을 자신의 것으로 받아들인 참이었다.

올리버 색스는 1971년 과학과 환자의 서사를 결합한 첫 책 『편두통』을 펴냈다. 학계의 반응은 '쓰레기', '주제넘은 짓' 등으로 차가웠다. 심지어 프리드먼은 책을 출간하려 한다는 이유만으로 색스를 해고했다.

광기의 역사

의학사가 에드워드 쇼터에 따르면 정신의학이 탄생하기 전 유럽 사회는 광인들을 혹독하게 대했다. 이들에 대한 관리·감독은 1차로 가족의 몫이었는데, 대개가 환자들을 구덩이에 집어넣거나, 다리에 족쇄를 채우거나, 기둥에 매어두었다. 국가, 교회, 지역사회가 감옥, 구빈원, 수용소 등을 운영하며 정신질환자를 떠맡기도 했으나 격리 이상의 의미는 없었다.

상황은 18세기 말, 계몽주의가 유럽을 휩쓸며 달라졌다. 과학적 방법과 인도주의적 돌봄으로 정신질환을 고칠 수 있다는 믿음이

태동하고, 이에 근거해 각지에서 진보적 의사들이 수용소를 열었다. 이를테면 프랑스혁명기 '비세트르 호스피스'를 운영하던 필립 피넬은 광인들의 족쇄를 벗겨 이름을 날렸다. 피넬은 수용소 감금은 치료를 위한 것이고, 의사와 환자는 친밀해야 한다는 입장을 분명히 했다. '도덕치료'로 불리던 이 같은 의사와 환자의 관계야말로 '광인의 집'과 수용소의 가장 큰 차이였다.

그러나 사방에 흩어져 있던 환자들이 몰려들면서 수용소는 점점 정신이상자, 퇴행성질환자, 알코올중독자의 집합소로 전락했다. 들끓는 환자들로 인해 19세기 말 수용소는 치료는커녕 오물과 비명을 수습하는 데 급급했다. 도덕치료는 허울뿐인 구호가 되었다. 빅토리아 시대를 배경으로 운명이 뒤바뀐 소녀들의 파란만장한 인생을 그린 세라 워터스의 『핑거스미스』는 당대 수용소의 끔찍한 환경을 적나라하게 묘사하고 있다.

정신질환의 원인을 뇌에서 찾던 정신의학자들이 빈약한 토대 위에 '퇴행이론'을 전개하는 등 자가당착에 빠진 것도 정신의학의 지위를 추락시켰다. 퇴행이론은 정신질환의 주 원인이 유전이며, 세대를 거듭할수록 가족이 속한 인구집단 전체를 퇴행시킬 수 있다는 주장으로 나치의 유대인 절멸에 이론적 근거가 되었다. 와중에 전기치료, 전두엽절제술 같은 험악한 치료술이 난무하자 정신의학에 대한 대중의 혐오는 극에 달하게 된다.

프로이트의 정신분석은 이 틈을 파고들었다. 두개골에 구멍을 뚫는 대신 긴 의자에 누워 어린 시절을 회고하는 정신분석 치료법은 환자들, 특히 중산층 환자들에게 우아하고도 자기반성적으로 비쳤다. 의사들에게는 수용소 밖에 개인 진료소를 열고 '돈 되는' 환자를 볼 수 있는 명분이 되었다. 의사와 환자의 이해가 일치하면

서 정신분석은 점차 정신의학을 대체했고, 2차세계대전 중 도미
한 유대인 정신분석학자들을 통해 미국으로 전파되었다. 그리하여
1960~1970년대 미국 중산층 사이에서 정신분석은 세련된 문화인
이라면 한 번쯤 해봐야 할 유행처럼 번졌다.

환자를 한 명의 인간으로 대한 남자

그 사이 정신의학은 과학적·객관적 근거를 확립하려 애썼다.
1952년 항정신분열약 '클로르프로마진'을 개발하며 '광기의 역사'
에 새로운 전기도 마련했다. 다만 이 과정에서 정신의학은 환자를
증상으로 치환하고 기술적·화학적·생물학적 문제로만 접근하게
되는데, 올리버 색스는 이런 태도가 "엄청난 기술의 발전을 가져왔
으나 지적으로 퇴행하게 만들었으며, 환자의 요구와 감정에 관심
을 충분히 기울이지 못하는 풍토를 낳았다"며 비판했다.

그러면서 색스는 닥치는 대로 책을 읽던 다독가로서 18세기 도
덕치료를 정신의학의 중요한 유산으로 발굴해냈다. 사회적 아웃사
이더로서 정상과 비정상의 경계를 질문하고, 의사로서 환자를 망
가진 뇌로 인해 고통받는 존재이자 풍성한 내면을 지닌 인간으로
조망했다. 일찍이 형 마이클로부터 신경안정제 등 약물이 발작, 경
련 같은 '양성증상'에는 유효하지만 은둔하려는 경향, 정서적 고갈
처럼 사람을 서서히 갉아먹는 '음성증상'에는 거의 효과가 없다는
사실을 목격한 색스는, 의학적 처방과 사회적 처방을 더한 '총체적
처방'을 제언했다. 치료의 목적은 환자를 유순하게 만드는 게 아니
라, 환자가 '즐겁고 의미 있는 삶'을 지속하는 것이었다. 그렇게 '시

각인식 불능증환자'는 '아내를 모자로 착각한 남자'라는 재기 넘치는 인격체로 거듭날 수 있었다.

당대 정신의학계에 비춰 지극히 이단적인 시각으로 색스는 『깨어남』 『나는 침대에서 내 다리를 주웠다』 『아내를 모자로 착각한 남자』 등의 병례사를 연이어 출간했다. 특유의 유머와 글솜씨가 빛을 발하며 그는 곧 '의학계의 계관시인'이라는 별칭을 얻지만, '환자의 삶을 착취하는 의사'라는 내부 비판은 2015년 암으로 숨질 때까지 수그러들지 않았다.

'정상'이라는 모호한 경계

1952년 '미국정신의학회American Psychiatric Association, APA'는 보편적 정신질환의 진단 기준을 마련할 요량으로 『정신질환 진단 및 통계 편람Diagnostic and Statistical Manual of Mental Disorders, DSM』을 펴냈다. 이전의 분류들이 중증질환에 초점을 맞춘 나머지 1940년대 이후 임상에서 포착된 우울증, 불안장애, 외상후 스트레스장애 같은 가벼운 증상을 포괄하지 못한다고 판단한 APA가 위원회를 꾸려 만들었다. 애초의 목표는 전문가가 아니더라도 적절히 훈련받은 사람이라면 누구나 이 책을 보고 정신질환을 진단할 수 있을 만큼 정확하고, 객관적이고, 체계적인 기준을 세우겠다는 것이었는데, 곧 한계를 드러냈다.

일단 책이 132쪽으로 얇고 기술 내용도 추상적인데다, 기록한 증상도 100여 가지뿐이어서 의사 개인의 판단이 개입할 여지가 매우 많았다. 사회 분위기에 따라 진단이 달라지기도 했다. 예컨대 같은 증상을 놓고도 미국 의사들이 영국 의사들에 비해 조현병으로 진단하는 경우가 훨씬 많았다. 낡은 가치관이 기준을 좌우하기도 했다. 1973년 개정판 『DSM-II』에서 '동성애'를 정신질환 목록에서 삭제한 것이 대표 사례다. 이에 미셸 푸코 등 인문학자들은 "정신병은 발견이 아닌 발명되는 것"이라고 각을 세웠고, 스탠퍼드 대학 심리학과 교수 데이비드 로젠한은 실험으로 이를 몸소 증명했다. 로젠한과 동료들은 정신병원에 가서 자꾸 환청이 들린다는 등 이상증세를 호소했고, 의사들은 이 '가짜환자'들을 조현병, 중증조울증으로 진단하고 3주간 입원시켰다. 1973년 로젠한은 이 경험을 「제정신으로 정신병원에서 지내기」라는 글로 풀어 『사이언스』에 기고함으로써, 정상과 비정상의 판단 기준을 의문에 부쳤다.

　DSM에 대한 거듭되는 문제제기에 APA는 개정으로 대처했다. 그러다 1980년 정신의학자이자 정신분석가 로버트 스피처가 '데이터에 기반한 체계'라는 기치 아래 지역, 문화, 개인 차를 통합한 총 265개 증상을 494쪽에 정리해내면서, 『DSM-Ⅲ』은 마침내 과학적 객관성을 공인받게 된다. 이후 DSM은 미국을 비롯한 전 세계로 퍼져 '정신의학의 성서'로 자리잡지만, 과연 이것이 개인, 지역, 역사적 특수성을 넘어 '비정상'을 가늠하는 잣대가 될 수 있는지는 여전히 논쟁 중이다. 개정 때마다 정신질환의 종류와 범위를 넓히는 통에 "정상인까지 정신이상자로 만든다"는 안팎의 비난도 있다. 실제로 1994년 발표한 『DSM-Ⅳ』에 수록된 증상은 총 297개로, 10여 년 만에 30개 이상이 늘었다.

　2013년 5월, APA는 기존 증상을 더욱 확대한 최신 버전 『DSM-Ⅴ』을 발행했다.

◎ BOOK ⁺ ⋯⋯⋯⋯⋯⋯⋯⋯⋯⋯⋯⋯⋯⋯⋯⋯⋯⋯⋯⋯⋯⋯⋯⋯⋯⋯⋯⋯⋯⋯⋯⋯⋯⋯⋯⋯

『온 더 무브』 올리버 색스 저, 이민아 역, 알마, 2015

올리버 색스가 암 선고를 받고 나서 쓴 자서전이다. 1933년 영국의 의사 집안에서 태어난 귀염둥이 막내아들이자 정신질환자를 가족으로 둔 불안한 소년, 손가락질 받는 동성애자이자 위험 속에 몸을 던진 모험가, 약에 찌들어 살던 '약쟁이'이자 주류 의학계와 다른 길을 걸었던 '이단아'로서 평생 보수적인 사회/구조와 충돌했던 파란만장한 삶을 겸손한 태도로 가감 없이 적었다. 타고난 이야기꾼인데다 대중적 글쓰기에 워낙 통달한 까닭에, 500쪽에 달하는 책이 단숨에 읽힌다.

KAIROS 23

5월 35일

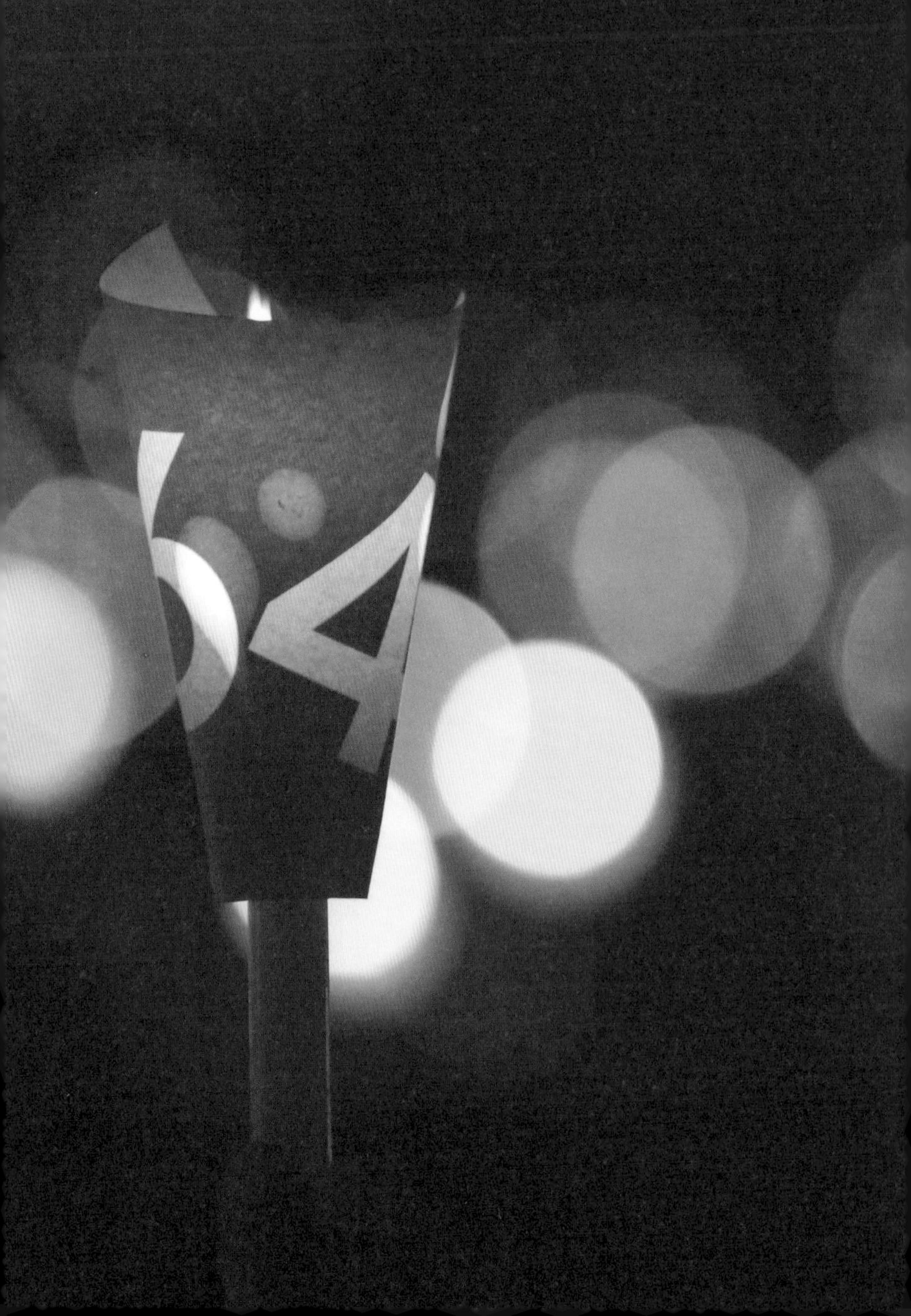

개혁 개방 30여 년
무서운 속도로
세계 패권을 노리는 나라

그 나라에만 존재하는
어떤 날

"우리는 그날의 진실에 대해
말할 수도 기록할 수도 없습니다."
— 어느 중국 시민

그날
1989년 6월 4일

개혁 개방 10년 만에
사회 갈등이 폭발한
'중국의 봄'

경기 과열로 인한
극심한 물가 상승

월급을 받지 못하거나
해고되는 노동자들은 늘어갔지만

해외 재산 유출과
관직 대물림 등
끊이지 않는 관료들의 부패

정부 비판적인
언론과 지식인에 대한
거듭된 탄압

시민들의 분노가 들끓던
그때

민중의 편에 선
한 지도자의 급작스러운 사망

그의 죽음이 도화선이 되어
천안문 광장에 모여
민주화와 정치 개혁을
요구하기 시작한 대학생들

"당시 개혁은 잘못된 방향이라고 생각했어요.
시민을 위한 개혁이 아니라
권력을 가진 자들의 개혁이었으니까요."

— 차이링, 6·4 톈안먼 민주화운동 학생 대표

그리고
약 한 달 뒤
중국 각지에서 광장으로 모인
100만여 명의 시민들

"수많은 노동자들은 관료의 부패에 분노했어요.
학생들의 시위가 정당하다고 믿었기 때문에
그들의 입장을 지지했습니다."

— 자오향랑, 6·4 톈안먼 민주화운동 참가 노동자

1989년 5월 19일
중국 정부의 계엄령 선포

"많은 친구들이 유서를 써놓고
시위에 참가했어요."

— 왕단, 6·4 톈안먼 민주화운동 학생 대표

죽음을 각오한 채
광장을 지킨 시민들

시민들을 향해 시작된
무장 군대의 유혈 진압

"학생들은 천막 안에서 깊이 잠들어 있었는데
탱크가 그들을 덮쳐 압사해버렸어요."

— 차이링, 6·4 톈안먼 민주화운동 학생 대표

"생지옥이었습니다.
군인들이 학생들을 안심시킨 후
총기를 숨겨와 사격을 가했죠."

— 안드레아 로렌츠, 독일 〈슈피겔〉 베이징 주재 특파원

부상자 약 1만 명
사망자 1000~3000여 명 추산
일곱 시간 만에 끝난 학살

'천안문 광장 대학살'

— BBC뉴스(1989년 6월 4일)

'백만의 중국인이 참여한 민주화운동'

— 〈워싱턴포스트〉(1989년 5월 18일)

'피로 얻어낸 새로운 중국'

— 〈뉴욕타임스〉(1989년 6월 12일)

그러나

'소수가 선도한 반혁명 폭동이다'

중국 정부의 공식 입장에 뒤따른
시위 참가자들에 대한
대대적인 수색과 체포, 총살

"유가족인 우리를 위로해줬던 사람들이
수색 조사가 시작되면서 말을 안 걸었어요.
마치 아무 일도 일어나지 않은 것처럼요."
— 딩쯔린, 어머니회 대표

공포 속에서 사라져간
그날

그 후 27년

여전히 금기로 남은
'6월 4일'

그리고 등장한
이상한 날짜

정부 검열을 피하기 위해
시민들이 만들어낸
'5월 35일'

"재치의 게임을 벌이지만, 그 게임은 여전히
우리에게 위로의 원천이 된다."

— 중국의 한 네티즌

그리고
매년 6월 4일

톈안먼 민주화운동에 대한
재평가를 요구하며
홍콩 광장에 모이는 시민들

"먹물로 쓴 거짓말은
피로 쓴 사실을 가릴 수 없다."

— 루쉰, 작가

1976년 9월 9일 마오쩌둥이 사망하자 권력 투쟁에서 밀려 십수 년간 한직을 떠돌던 덩샤오핑이 정계에 복귀했다. 중국 공산당 주석이었던 마오쩌둥은 1950년대 추진한 중공업 중심의 경제정책, '대약진운동'이 처참하게 실패하면서 당내 실권을 실용·수정주의 노선을 표방한 류샤오치, 펑더화이, 덩샤오핑 등에게 뺏겼다. 그는 이 정치적 위기를 중국의 전근대적인 문화와 자본주의를 타파하고 '진정한' 사회주의를 실천하자는 '문화대혁명'으로 돌파하는 한편, 반대파를 숙청할 빌미로 이용했다. 류샤오치와 펑더화이는 정치적으로 살해되었고, 덩샤오핑은 트랙터 공장 등지를 전전하며 훗날을 도모해야 했다.

일찍이 공산당 일당 독재를 지속하려면 경제문제를 선결해야 한다고 믿었던 덩샤오핑은 돌아오자마자 '각자도생'을 선언했다. 정치적으로는 공산주의를 견지하나 경제적으로는 자본주의를 수용하는 '정경분리' 원칙에 따라, 인민들 각자 살길을 마련하라는 명령이었다. 이어 "검은 고양이든 흰 고양이든 쥐만 잘 잡으면 된다"는 '흑묘백묘론'을 바탕으로 급격한 경제성장을 이뤘다. 이로써 중국

은 기근으로 4000만 명이 아사했던 대약진운동 시대의 가난을 탈피하지만, 고위관료들의 부정부패와 빈부격차, 인플레이션 등의 새로운 사회문제를 반대급부로 얻었다. 여기에 경제부문에 불어넣은 자유화 바람이 지체된 정치사회 시스템을 부각시켰고, 그 간극으로 1989년 '톈안먼 민주화운동'이 폭발하게 된다.

계기는 공산당 총서기였던 후야오방의 죽음이었다. 문화대혁명 때 밀려났다가 마오쩌둥 사후에 복권된 후야오방은 덩샤오핑의 오른팔이자 (경제)개혁파의 수장이었으나, 빈발하는 학생운동에 호의적인 태도를 보이면서 덩샤오핑과 갈라서게 된다. 결국 사태에 책임을 지고 총서기에서 물러난 지 얼마 되지 않아 1989년 4월 15일 심장마비로 숨졌고, 이에 천체물리학자 팡리즈 등 당대 중국의 지식인과 학생들이 후야오방을 추모하기 위해 톈안먼 광장으로 모여들었다. 그런데 모임이 지속될수록 반정부 움직임이 점점 확연해지더니, 4월 말쯤에는 베이징 소재 60개 대학의 학생 100만 명이 정치적 자유와 민주주의를 요구하는 시위로 번져나갔다.

공산당 집권 이래 최대 규모의 민주화 시위의 처리 문제를 놓고 당은 강경파와 온건파로 갈렸다. 하지만 총서기이자 후야오방과 같은 개혁파로서 학생들의 요구에 유연하게 대처했던 자오쯔양이 권력투쟁에서 밀려나며, 당 내 헤게모니는 원로와 보수들이 포진한 강경파에 쏠렸다. 그리하여 1989년 5월 20일 베이징에 계엄령이 선포되었다. 광장으로 향하는 길목마다 인민들이 온몸으로 바리케이드를 쌓았지만, 6월 4일 오전 1시 40분 인민해방군 10만 명은 전차와 장갑차를 앞세우고 톈안먼 광장을 급습해 밤샘농성 중이던 시위대를 무차별 사격했다. 시위대 지도부들은 수배령이 내려졌으며, 잡히는 대로 총살당했다.

수사학 전쟁

날이 밝자 베이징을 장악한 군이 탱크를 몰고 다시금 톈안먼 광장으로 향했다. 그런데 어디선가 흰 셔츠를 입고 손에 검은 봉지를 든 사내 하나가 나타나 홀연히 그 앞을 막아섰다. 이 장면을 근방 호텔에 투숙 중이던 AP통신 사진기자 제프 와이드너가 포착해 타전하면서, 톈안먼 사건은 비로소 전 세계에 알려졌다.

이후 '탱크맨Tank Man'은 톈안먼 민주화운동과 국가폭력에 대한 저항의 상징으로 떠올랐으나, 정작 사진 속 주인공의 행방은 묘연해졌다. 그대로 탱크에 깔렸다, 공안에 잡혀 처형됐다, 투옥됐다 등 여러 설이 분분한 와중에, 2013년 영국 작가 루시 커크우드는 '탱크맨'의 행적을 추적하는 미국 사진기자의 이야기를 통해, 세계경제를 좌우하는 21세기 중미관계와 그 틈에서 압살된 가치들을 논하는 연극 〈차이메리카Chimerica〉를 무대에 올렸다.

2017년 7월 홍콩 인권단체 '중국인권민주화운동 정보센터'에 따르면, '탱크맨'은 곧바로 인민해방군에 잡혀 무기징역을 선고받고 투옥됐다가 10년 전 출소했다. 그러나 톈안먼 사건 연루자라는 이유로 사회에서 완전히 내쳐졌고, 현재 톈진의 감옥에 수감 중이다.

한편 중국 공산당은 인권과 민주주의를 짓밟았다는 서방의 비난을 '내정간섭'으로 일축하고, 국내 언론과 인민들을 압박해 톈안먼 민주화운동을 역사에서 지워냈다. 이후 중국은 이분화된 체제를 굳혔다. 경제적으로는 완급을 조절하며 시장주의 정책을 이어갔다. 1992년 덩샤오핑이 상하이, 선전, 주하이 등 남반구 경제특구를 순시하며 개혁개방 기조를 지속할 것을 약속한 '남순강화'가 그 예다.

정치적으로는 공산당 일당 체제를 가다듬었다. 유능한 이공계 관료들을 중임하고, '중앙정치국' 제도를 들여 시스템의 안정성을 높였다. 사실상 종신직이었던 간부들의 임기를 정해 당을 새롭게 혁신했다. 동시에 자오쯔양 등 부르주아 자유주의자들을 대대적으로 숙청했으며, 민주화세력과 인민, 언론에 대한 감시와 통제를 더욱 강화했다. 숙청당한 후 15년간 가택연금을 당하다 사망한 자오쯔양은 끝내 복권시키지 않았고, 혹시나 민주화의 성지가 될 것을 우려해 묘를 쓰는 일도 막았다. 처음에는 '톈안먼'을, 다음에는 '6월 4일'을 금지어로 지정했다.

인민들은 당이 허락한 자유, 당의 그물망 같은 영도력을 순순히 받아들이면서도, '5월 35일' 같은 언어를 발명해 감시체계를 교란했다. 작가 위화가 냉소한 바 오늘날 중국 인민은 자신들의 뜻을 발화하기 위해 "수사학을 총동원한다. 빗대서 말하기, 은유, 풍자, 과장을 최고의 경지로 끌어올린다. 감춘 조롱과 교묘한 에두름으로 빈정거림과 경멸을 전한다. 중국어가 오늘날처럼 풍부하고 활력이 넘친 적이 없다."

2013년 6월 4일 중국의 한 네티즌은 '탱크맨' 사진에 탱크 대신 거대 러버덕을 합성한 이미지를 웨이보에 올렸다가 곧 삭제당했다. 이날 공안의 검색 금지어에는 '대형 노랑 오리'도 포함되었다.

추모마저 금지된 반체제 지식인

1955년 12월 28일 지린성 창춘에서 태어난 류샤오보는 학업을 시작한 이래 한눈파는 법 없이 문학이라는 외길을 걸었다. 지린대학에서는 중문학을 전공했고, 재학 시절 문학 동아리에서 활동했다. 1982년 베이징사범대학 대학원에서 문학석사 학위를 받은 다음에는 동 대학에서 강사로 일하며 문학비평 활동을 폈다. 그러던 1989년 봄, 뉴욕 컬럼비아대학 버나드칼리지에 방문학자로 체류하던 중 톈안먼에서 민주화운동이 시작됐다는 소식을 들었고, 그길로 귀국해 반체제 지식인으로 일생을 마쳤다.

저우둬, 허우더젠, 가오신과 함께 톈안먼의 '사군자四君子'로 불렸던 류샤오보는 광장의 한복판에서 비폭력운동을 펼쳤다. '6·2단식투쟁'을 통해 낡아빠진 계급투쟁을 전개하는 당을 비판하는 한편, 비민주적인 행동으로 당을 압박하는 학생들의 자성을 요구했다. 무력진압이 시작된 '피의 일요일' 새벽에는 목숨을 걸고 계엄군과 협상해 학생들이 무사히 광장을 빠져나갈 수 있도록 도왔다. 그의 구호는 "우리에게는 적이 없다. 증오와 폭력으로는 우리의 지혜와 중국의 민주화 과정을 막을 수 없다"는 것이었다.

텐안먼 민주화운동이 진압된 후, 수많은 주요 인사들이 당국의 탄압을 피해 해외로 망명했다. 학생운동 3인방이었던 왕단, 우얼카이시, 차이링은 물론이고, 사군자 중 허우더젠, 가오신이 대만과 미국으로 떠났다. 그러나 류샤오보는 '반혁명 선전선동죄'로 1년 6개월 형기를 마치고 나온 뒤에도 중국에 남아 내부비판자를 자처했다. 덕분에 그의 삶은 구속과 수감, 연금으로 점철되었다. 1995년 5월 류샤오보는 텐안먼 민주화운동 6주기를 맞아 운동의 재평가와 정치개혁을 요구하는 청원운동을 벌였다가 9개월간 가택연금되었다. 이듬해 대만과의 평화통일을 주장하는 '10·10선언'을 발표해 '사회질서 교란죄'로 체포, 노동교양 3년 형을 처분받았다. 2008년 12월 8일에는 '08헌장'을 준비하던 일이 발각되어 '국가정권 전복선동' 혐의로 가택연금을 당하다가, 2009년 6월 23일에 징역 11년 형을 선고받고 랴오닝성 진저우 감옥에 수감됐다. 1977년 작성한 체코의 '77헌장'에서 아이디어를 얻은 '08헌장'은 일종의 인권선언문으로, 인민들의 인권을 보장하는 헌법 제정, 삼권분립, 직선제를 기반으로 한 입법 민주화, 사법부 독립, 군대의 정치적 중립, 공직선거제 실시, 도농都農평등, 언론·집회·결사·종교의 자유 보장, 사유재산 보호, 재정 및 세수개혁, 홍콩과 마카오의 자치를 인정하는 중화연방공화국 건국 등의 내용이 담겼다. 그러나 이 같은 사상의 저변에는 미국을 절대 선으로 상정한 친서구적 가치관과, 그에 기준한 이분법적 세계관이 깔려 있다는 비판이 제기되기도 했다.

노벨상위원회는 거듭되는 핍박에도 '중국의 정치민주화와 인민들의 인권수호를 위해 오랫동안 비폭력 투쟁을 펼친' 류샤오보의 행적을 높이 평가하고, 2010년 노벨평화상 수상자로 선정했다. 그러나 당은 류샤오보의 존재와 그로 인해 중국의 열악한 인권과 독재의 현실이 드러날 것을 우려해 시상식 참가를 끝내 허락하지 않았다. 이에 노벨상위원회는 그의 부재를 '빈 의자'로 알레고리화함으로써 이와 같은 상황을 역설적으로 폭로했다.

2017년 7월 13일 류샤오보는 간암으로 숨졌다. 생전 그의 석방과 치료를 탄원했던 서방세계의 목소리를 '내정간섭'으로 일축한 중국 정부는, 국내외 관련 뉴스를 모두 차단하고 '류샤오보', '명복' 등을 금지어로 지정했다. 당시 SNS에서는, 인민들이 이에 맞서 주어 없는 'R. I. P.(Rest In Peace)'로 검열을 빠져나가자 RIP도 금지어가 되었고, 그 바람에 javasc'rip't 입력이 안 돼 중국 내 웹사이트가 모두 마비되었다는 소문이 떠돌았다. 류샤오보의 유해는 사망 이틀만에 공안에 의해 화장되어 바다에 뿌려졌다.

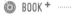 **BOOK ✛** ⋯⋯⋯⋯⋯⋯⋯⋯⋯⋯⋯⋯⋯⋯⋯⋯⋯⋯⋯⋯⋯⋯⋯⋯⋯⋯⋯⋯

『**톈안먼 사건**』 조영남 저, 민음사, 2016

1989년 중국의 정치사회적 분위기와 공산당 내 파벌 및 권력 투쟁 양상, 재야 반체제 인사들과 학생시위대의 움직임 등 톈안먼 사건 전후의 상황을 다각도로 조명했다. 『개혁과 개방』『파벌과 투쟁』과 더불어 중국 현대사를 조망한 3부작의 마지막 권이다.

『**류샤오보 중국을 말하다**』 류샤오보 저, 김지은 역, 지식갤러리, 2011

시부터 선언문까지, 중국의 반체제 인사이자 인권운동가 류샤오보가 살아생전 썼던 중요한 글들을 모았다. 공산당이 결코 내보이려 하지 않는 중국의 면면을 억압받는 자의 눈으로 비추지만, 그 관점이 서구/지식인의 것이라는 지적은 새겨볼 만하다. 그럼에도 일당 독재를 비판하고, 민주주의 도입을 요구하며, 권력에 아첨하는 문화계를 닦아 세우는 문장은 시퍼렇게 날이 섰다.

EPILOGUE

도서관이 살아 있다

대출 시간은 30분
책은 절대로 집에 가져갈 수 없습니다

HUMAN LIBRARY
BOOKS THAT TALK BACK
Borrow a person
Ask Questions you've always wanted to ask
Learn More about the diversity within our city
Saturday April 24, 2010
11 am - 3 pm
at the
Central Library
251 Dundas Street
For more information,
visit our website
www.londonpubliclibrary.ca
or call 519 661 5122
HUMAN LIBRARY.ORG
London Public Library
HU
BO

어떤 도서관의 독특한 대출 규칙

그리고
예사롭지 않은 도서 목록

이슬람교도
성 전환자
남자 보모
이민 노동자
…
제목을 보고
대출 신청을 하는 독자들

잠시 후

"앉으세요.
제 이야기를 들려드릴게요."

독자 앞에 나타난 것은
책이 아닌 사람
사람책

정해진 시간 동안
사람을 빌리고
사람을 반납하는

사람책 도서관
휴먼 라이브러리 Human Library

'사람책'이 되는 기준
성 정체성, 종교, 인종, 장애, 신념, 종교

'타인의 가치 기준 때문에
편견을 경험한 사람이어야 한다.'

그래서
독자들이 지켜야 하는
또 하나의 규칙

'책을 소중하게 대하면서
책이 들려주는 이야기에 귀 기울이세요'

꾸며낸 이야기가 아닌
자신의 경험을 들려주는 사람책들

"다시 태어난다면 무엇으로 태어나고 싶냐고요?
나는 그런 상상을 하는 대신
지금 도전해 새 인생을 산답니다."

— 트랜스젠더 사람책

"나와 다른 사람에게 더 매력을 느끼고
다양한 사람들이 섞여 사는 게
훨씬 재미있다고 생각해요.
모두가 진보적이거나 모두가 보수적이면 재미없잖아요."

— 어느 사람책

2000년 덴마크에서 시작해
70개국으로 확산된
휴먼 라이브러리의 힘

대화

"남을 이해하는 건 별것 아닙니다.
오해는 무지에서 비롯되고,
이해는 알아가는 과정에서 시작되죠.
누군가를 알고 이해하면
폭력은 자연스럽게 줄어들 것입니다."

— 로니 애버겔, 휴먼 라이브러리 창립자

사람이 책이 되고
사람이 그 책을 읽는
사람책 도서관의 마지막 규칙

노숙인 저소득층 성 소수자
우울증 환자 장애인
에이즈 바이러스 보균자 미혼모

'겉표지로 책을 판단하지 마세요'

권수   목차 번호   목차 제목

ⓔ2 | 29 **나의 살던 고향은**

우리에게는 '콰이강의 다리'로 익숙한 태국과 미얀마를 잇는 군수용 철도. 당시 철도 건설 공사에 투입된 연합군 포로들의 감시병으로 3000여 명의 조선 젊은이들이 강제동원된다. 일본의 항복선언 후 전범으로 기소된 조선인들에 대한 재판 과정과 결과를 정리했다.

ⓔ7 | 24 **공부 못하는 나라**
주입식 교육제도의 수출국이었던 독일이 2차세계대전 후 역사의 반성으로 얻은 해답은 "한두 명의 뛰어난 사고보다 모두의 깊이 있는 사고"가 중요하다는 것. 독일 교육에 대한 소개와 한국 교육의 현재를 다룬다.

ⓔ8 | 27 **그 나라의 교과서**
프랑스의 필수 교육과목인 '시민교육'에 실린 '일', '노동', '권리'에 관해 이야기한다. "시민교육의 목적은 학생들에게 지식을 전수하는 것이 아니라 그들이 무엇을 원하게끔 하는 데에 있다"고 말하는 프랑스 교육부 장관의 일성은 한국 교육의 현실에 시사하는 바가 크다.

ⓔinside | 13 **글짓기 하지 마세요**
"아이들에게 가르쳐야 할 요긴한 삶의 태도는 사람다운 감정과 생각을 가지고 사람다운 행동을 하는 것이다." 참교육을 선도한 두메 선생님 이오덕의 교육관을 소개한다.

01 **3년 후**

ⓔ1 | 003 **햄버거 커넥션**
지구촌 곳곳에서 벌어지는 이상기후 현상을 '열대림 파괴 → 육우 사육 → 햄버거 생산'으로 이어지는 반反생태적 연결고리로 설명한다.

02 미묘한 차이

ⓔ1 | 018 여섯 개의 점
세상에 존재하는 그 어떤 것도 만들 수 있는 여섯 개의 점, 보이지 않는 이들을 위한 아름다운 돌출, 점자. 점자를 만든 루이 브라유를 소개하고, 점자의 역사와 한국 점자 체계를 다룬다.

ⓔ4 | 06 90%를 위한 디자인
"지금까지의 디자인은 상위 10퍼센트를 위한 디자인"이라고 일갈하며 인류의 90퍼센트를 위한 디자인을 주장한 빅터 파파넥. 그는 디자인의 궁극적인 목표를 인간을 둘러싼 환경과 인간이 사용하는 도구를 변형시키고 더 나아가 인간 스스로를 바꾸는 것이라고 말한다.

ⓔinside | 11 이 순간을 보는 법
"진정으로 귀중한 것은 생각하고 보는 것이지 속도가 아니다", "그림은 기술이 아니라 세계관이다"라고 주장하며 삶의 전반부는 예술평론가로, 삶의 후반부는 사회사상가이자 사회개혁가로 살다간 존 러스킨의 생애와 철학을 조명한다.

03 말의 기술

ⓔ4 | 20 Frame
두뇌는 모든 사실이 아니라 프레임에 맞는 사실만을 받아들인다. 언어학자 조지 레이코프의 프레임 이론은 인간이 사실의 본질과 무관하게 외부의 조건들을 어떻게 이해하고 소화하는지 설명해준다.

04 가이드라인

ⓔ1 | 031 황우석과 저널리즘
특정 사건이나 인물에 대해 흥미 위주로 보도하는 '경마 저널리즘'의 폐해를 지적한다. 한국의 언론들이 '황우석 사태'를 어떻게 다루었는지, '황우석 신드롬'은 어떻게 유지되었는지를 들여다보며 한국 언론의 어두운 단면을 비춘다.

ⓔ2 | 11 기자

2006년 주간지 『시사저널』의 편집권 독립을 요구하며 시작된 전면 파업과 집단 사표 제출 사태를 다루며 '자본으로부터 독립된 언론'이라는 화두를 던진다. 사회학자 찰스 더버는 현대 민주주의가 기업들만을 위한 민주주의, '코포크라시copocracy'임을 주장한 바 있다.

ⓔ3 | 12 동아일보 '해직'기자

1974년 모든 기사를 검열했던 유신 언론 아래에서 '자유언론실천선언'을 하고 언론자유 투쟁에 나섰던 기자들. 그리고 14년 후인 1988년 5월 15일, 시민 모두가 주인인 새로운 언론이 창간되기까지의 시간을 정리했다.

ⓔ5 | 15 카메라는 무기다

미국 사회에 존재하는 수많은 모순과 장벽, 차별받는 소수민족과 여성들의 이야기를 담아낸 크리스틴 최의 다큐멘터리 〈누가 빈센트 친을 죽였는가〉. 방송 내용에 더해 사회적 약자의 목소리를 들려주는 1인 미디어 '미디어몽구'와의 인터뷰를 더했다.

ⓔ6 | 16 익명의 시민

2009년 테헤란 반정부 시위 도중 숨진 스물여섯 살의 대학생 '네다'. 네다의 죽음이 담긴 40초짜리 동영상은의 SNS를 타고 전해지며 민주주의를 위한 이란의 녹색 리본 운동을 전 세계로 타전한다. 그해 조지 폴크 어워즈는 네다의 죽음을 기린 이란의 시민 저널리즘을 기리며 '익명의 시민anonymous source'을 수상자로 선정했다.

@6 | 17 삶의 기록자

체첸에서 자행되는 러시아 정부군의 반인권적 행태를 고발해온 기자 안나 폴리트코프스카야. 그녀는 두려움과 공포 속에 남겨진 이들이 신뢰하는 유일한 러시아 기자이자 러시아의 양심이었다.

@7 | 13 루퍼트 머독

'옐로 저널리즘'의 창시자이자 전 세계 미디어 시장의 40퍼센트를 차지하고 있는 루퍼트 머독의 보수적인 가치관이 미디어에 어떤 영향을 미쳤는지를 보여준다.

@8 | 12 프로퍼블리카

"돈과 권력으로부터 독립된 언론사를 만들겠다." 기계적 중립성을 거부하며 권력 남용 사건에 취재력을 집중한 미국의 비영리 탐사전문 온라인 매체 '프로퍼블리카'를 비롯해 탐사 저널리즘을 추구하는 한국의 언론을 조명한다.

06 십오엔 오십전

@1 | 021 수요일엔 빨간 장미를

매주 수요일 낮 12시 일본 대사관 앞. 1992년부터 지금까지 25번째, 횟수로는 1300회를 넘긴 할머니들의 수요 집회 현장을 비추며, 여전히 해결되지 않은 일본군 위안부 문제와 과거사 문제를 들여다본다.

@2 | 19 보내지 못한 편지

조선인도 포함되었던 일제의 자살폭탄부대 '가미카제'. 이들이 태평양전쟁 당시 출정의식을 가졌던 야스쿠니 신사와 2차세계대전 이후의 일본 '평화헌법'을 소개한다.

@2 | 29 나의 살던 고향은

우리에게는 '콰이강의 다리'로 익숙한 태국과 미얀마를 잇는 군수용 철도. 당시 철도 건설 공사에 투입된 연합군 포로들의 감시병으로 3000여 명의 조선 젊은이들이 강제동원된다. 일본의 항복선언 후 전범으로 기소된 조선인들에 대한 재판 과정과 결과를 정리했다.

08 사랑이라는 이유로

ⓔ1 | 019 저는 오늘 꽃을 받았어요
가정폭력은 일정한 주기를 두고 반복된다는 점에서 피해 여성이 학습화된 무력감을 내재한다는 특징이 있다. 13년간 폭력을 행사해온 남편으로부터 탈출한 미국 여성 폴레트 켈리의 이야기를 통해 '매 맞는 사람 증후군'을 이야기한다.

09 열국열차

ⓔ3 | 13 블루 골드
석유가 20세기 '블랙 골드'라면 물은 21세기 '블루 골드'다. 2008년 발표된 '물산업지원법' 초안을 둘러싼 수도사업 민영화 논란을 소재로 당시 정부의 민영화 정책 기조의 흐름을 짚어본다.

ⓔ3 | 24 SICKO
서구권 국가 중 의료보험이 민영화된 유일한 나라 미국. 의료보험 민영화, 당연지정제 폐지 등 의료 서비스를 둘러싼 수요자(환자)와 공급자(병원) 사이의 쟁점을 살펴본다.

ⓔ4 | 27 산소의 무게
생활비 대부분을 산소 구입에 쓰는 중증 호흡기장애 환자들의 삶을 통해, 희귀·난치성 질환자들이 감당해야 할 생존의 무게를 돌아본다.

@6 | 10 의사 장기려

조선인 의학박사가 10명뿐이던 시절, 보장된 성공의 길을 버리고 평양의 한 병원에 근무하며 무의촌 진료를 시작한 의사. 우리나라 최초의 민간 의료보험을 시작하고, 못 먹어 병이 난 환자에게 닭 두 마리 값을 내주라 처방했던 '바보 의사' 성산 장기려의 삶을 조명한다.

@7 | 12 위험한 거래

2011년 국회는 국내 영리병원 개설 허용 등 의료개방 내용을 포함하고 있는 '제주도특별법'을 통과시켰다. 환자를 치료의 대상이 아닌 영리의 수단으로 여겨온 한국의 병원 실태, 한 명의 인간이 아닌 '환자의 질병'만 보게 되는 의료의 문제를 다룬다.

11 누가 '프루이트 아이고'를 죽였나?

@1 | 35 달팽이 집

한국 사회에서 부동산은 어떤 의미를 지니는가. 정부의 부동산 대책을 비롯해 토지공개념, 분양가 상한제 등의 개념을 정리하며, 수요와 공급의 논리와는 상관없이 철저히 '투기의 장'이 되어버린 한국의 비정상적인 부동산 시장을 설명한다.

@2 | 22 그 길

도시의 급격한 발전과 지가 상승으로 도시 주변이 무질서하게 확대되면서 농경지나 삼림지를 잠식해가는 '스프롤 현상'을 설명한다. 더불어 한국 정치인들에게 뿌리 깊게 각인되어 있는 '토목경제적 프레임'에 대해 살펴본다.

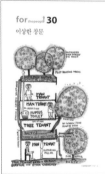

@3 | 23 17.1%

강남 못지않은 고품격 주거단지를 표방한 강북 뉴타운 개발계획. 그러나 대규모로 몰려든 기획 부동산과 투기자본으로 인해 원주민의 재정착률은 17.1퍼센트에 그치고 것이 현실이다. 뉴타운 개발계획이 시작되었던 시기에 벌어진 논쟁과 문제들을 살펴본다.

@8 | 13 건축가 정기용

"건축은 근사한 형태를 만드는 작업이 아니라 사람들의 삶을 섬세하게 조직하는 일이다. 모든 건축은 공공건축이다." 올바른 집짓기를 추구한 건축철학자 정기용을 통해 건축의 의미를 되새긴다.

@8 | 30 이상한 창문

"인간은 집을 짓는 동안 거주지를 빼앗긴 자연의 자리를 집 안에 마련해야 한다." 건축과 환경 사이의 실질적 접점을 찾으려 했던, 미술가이자 생태주의자 그리고 건축가인 훈데르트바서의 철학을 담았다.

13 그녀들

@2 | 37 화인열전

서민들의 일상을 익살스럽고 구수한 필치로 화폭에 담아낸 단원 김홍도. 섬세한 붓놀림과 세련된 색채로 당시 양반들의 위선적인 모습을 풍자했던 혜원 신윤복. 두 인물의 그림을 통해 '풍속화의 황금기'로 손꼽히는 조선 후기의 시대상을 살펴본다.

@3 | 09 프리다

육체적 고통과 내면의 고독, 상처 입은 사랑과 영혼. 하지만 그 모든 것을 있는 그대로 바라보는 치열한 자기 응시. 오로지 여성에게만 영향을 미칠 수 있는 일반적이면서 특수한 주제를 절대적인 솔직함으로 다룬 화가, 프리다 칼로의 생애를 다룬다.

14 시인의 마지막 인사

@2 | 40 正生

극심한 가난과 고독 속에서 개구리, 생쥐, 메뚜기, 굼벵이 등 자연의 작은 친구들을 벗삼아 글을 쓰기 시작한 동화작가 권정생의 삶을 이야기한다.

16 연애론

ⓔ6 │ 04 연애박사 조르주 상드
제도와 규범을 조롱하고, 남녀평등을 주장하면서 자유로운 연애행각을 벌였던 작가 조르주 상드. "침묵하고 싶을 뿐 감추거나 위장하고 싶지 않다. 나에게 인생은 언제나 바로 이 순간이다"라던 그녀는 오늘날 유럽 여성문학의 창시자이자 페미니즘 계보의 선각자로 재평가되고 있다.

ⓔinside │ 19 연가 Pokarekare Ana
인종, 출신, 당대의 관습과 법률로 인해 사랑을 인정받지 못했던 세상 모든 연인들의 이야기. 그리고 조금씩 의미를 확장해가는 '사랑'의 의미. '동성 결혼 입법'을 소재로 세계 인권사를 돌아봄과 동시에 한국의 차별금지법을 소개한다.

17 공모자들

ⓔ1 │ 013 피부색
다름을 인정하지 않는 단일민족의 어두운 자화상을 담았다. 피부색으로 인해 지속적인 차별을 받고, 가난이 되물림되는 다문화가정 아이들의 실태를 다룬다.

ⓔ4 │ 07 나 같은 흑인
1863년 미국의 노예해방 선언에서부터 2008년 버락 오바마가 미국 역사상 최초로 흑인 대통령으로 당선되기까지, 흑인민권을 진보시킨 대표적인 사건과 의미 있는 전환점들을 돌아보며 흑인민권운동사를 정리했다.

ⓔ5 │ 18 '괴물'의 그림자
1958년 일본 도쿄, 열여덟 살 재일조선인에게 여고생 살해 혐의로 사형 판결이 내려지고 1년 3개월 후 사형이 집행된다. 이방인에 대한 차별적 시선은 비단 그들만의 문제가 아니다. 2009년 서울, 유색 외국인이라는 이유로 버스에서 느닷없는 욕설과 함께 발길질을 당한 보노짓 후세인 연구교수의 인터뷰를 더해 한국 사회의 인권의식의 단면을 살펴보았다.

ⓔ8 │ 22 가슴병
독립운동가의 후손으로 한 세기 동안 지켜왔던 민족의 자긍심과는 달리 한국을 찾은 조선족들에게 '코리안 드림'은 짙은 그늘을 드리운다. 생계를 위해 한국에 입국한 조선족들의 위태로운 노동환경과 인권문제에 대한 화두를 던진다.

18 인생이여, 고마워요

ⓔ1 | 026 **라 쿠카라차**
보잘것없지만 끈질긴 생명력을 지닌 바퀴벌레를 뜻하는 멕시코어, '라 쿠카라차'. 막강한 권력과 처절한 싸움을 벌인 멕시코 농민들은 이 한 곡의 노래에서 힘을 얻었다. 멕시코 농민혁명과 반세계화 운동의 상징인 사파티스타 민족해방군을 알아본다.

ⓔ2 | 31 **이상한 밴드의 이상한 댄스음악**
영국이 '제3의 길'을 표방하며 대처리즘과 신자유주의 정책을 유지한 1997년. 리버풀 항만노동자들의 투쟁을 지원하기 위한 민중가요를 불렀던 영국 밴드 '첨바왐바'의 활동과 대처리즘에 대해 개괄한다.

ⓔ2 | 35 **소박한 전설**
아프리카 흑인의 리듬과 원주민 인디오의 전통음악, 여기에 스페인 이민자의 멜로디가 혼합된 쿠바 음악 '아프로-큐반 재즈'의 역사와 5명의 멤버로 구성된 쿠바의 재즈그룹 '부에나 비스타 소셜 클럽'을 통해 쿠바의 역사를 살펴본다.

ⓔ6 | 30 **레게, 평화를 꿈꾸다**
"음악으로 혁명을 일으킬 수는 없지만 사람들을 깨우치고 미래를 듣게 할 수는 있다." 자유와 평화, 흑인들의 인권을 노래했던 선지자, 밥 말리의 음악과 생애를 조명한다.

ⓔinside | 16 **아름다운 사람**
답답한 현실에 가슴앓이했던 청춘들이 1980년대 대학가, 공장, 광장에서 부른 그의 노래들. 노래가사에서 한 번도 혁명을 말하지는 않았지만 모든 혁명적 상상력의 원천이었던 김민기와 그의 음악세계를 이야기한다.

ⓔinside | 18 **어머니의 그림**
당대의 노동 현실을 흑백의 판화로 새겨 당시 제대로 변호받을 수 없었던 사람들에게 한 가닥의 책임과 역할을 다하고자 했던 예술가 케테 콜비츠. 그의 삶과 더불어 민중미술의 의미와 역사를 알아본다.

ⓔinside | 28 **기타의 전설**
반전, 반인종차별, 반여성차별을 노래했던 음악 축제 우드스톡에서 기타에 날개와 심장을 달아 자유와 평화를 노래했던 기타리스트 지미 헨드릭스. 그의 생애와 저항의 음악이던 록의 역사를 개괄했다.

@1 | 005 Blood Phone

통신기기의 핵심 재료인 콜탄을 비롯한 천연자원의 생산지 콩고, 세계 최대의 다이아몬드 생산국 시에라리온 등 '가진 게 많아서 가난한 대륙' 아프리카를 둘러싼 끊임없는 내전의 역사와 이스라엘을 비호하는 미국 내 세력인 '미국이스라엘공공문제위원회'에 대해 다룬다.

@2 | 18 사람들

누군가는 전쟁이 멈추기만을 기도하고, 또 다른 누군가는 종교가 다르다는 이유로 그 기도를 외면한다. 이스라엘-레바논 분쟁의 역사를 상세히 기록한다.

@3 | 18 그르바비차

3개의 언어, 3개의 민족, 3개의 종교가 어울려 살던 보스니아. 그러나 1992년 보스니아를 휩쓴 인종청소로 인해, 보스니아의 수도 사라예보의 작은 마을, 그르바비차는 초토화된다. 발칸 내전의 역사를 설명하며, 발칸 내전을 소재로 한 영화와 음악을 함께 살펴본다.

@4 | 18 한잘라

유대인들의 국가창설 민족주의 운동인 시오니즘과 이로 말미암아 집과 땅을 잃고 가자지구, 요르단, 레바논 등 낯선 땅을 떠도는 팔레스타인 난민들의 기구한 역사를 설명한다.

20 카메라 옵스큐라

ⓔ2 | 28 길 위의 인생

가난한 서민들의 모습을 사진에 녹여낸 사진작가 최민식의 철학을 조명하며, 더불어 롤랑 바르트가 『카메라 루시다』에서 언급한 스투디움과 푼크툼의 개념을 설명한다.

21 답장을 기다리겠습니다

ⓔ4 | 01 벌금인생

프랑스 국왕 루이 필립을 모독한 죄로 기소당한 화가 샤를 필리봉의 에피소드와 함께 대한민국 정치적 필화사를 간략하지만 압축적으로 서술했다.

22 올리버의 진료실

ⓔ2 | 15 제정신으로 정신병원 들어가기

1972년, 심리학자 데이비드 로젠한은 제정신으로 정신병원에 들어간다. 앨런 소칼과 지적사기, 편향확증에 대한 개념 설명을 더해 정상과 비정상의 경계에 대한 의문을 제기한다.

ⓔ3 | 05 대부분이 우울했던 소년

빛 대신 어둠을 선택한 만년 소년, 영화감독 팀 버튼의 삶과 철학을 살펴보며, 죽음과 공포, 어둠을 지향하는 문화 취향인 '고스Goth'를 소개한다.

ⓔ6 | 06 비범한 사람들

타인과의 소통 없이 자기만의 세계에서 살아가는 자폐증 환자나 뇌기능장애 환자들은 특정한 분야에 천재성이나 뛰어난 재능을 보이기도 한다. 서번트 신드롬 개념을 설명하며 '비정상'을 바라보는 우리들의 고정된 시선을 무너트린다.

ⓔ4 | 04 블랙독

윈스턴 처칠을 평생 따라다닌 '검은 개', 우울증. 시대에 따라 변화해온 우울증의 진단 기준, 우울증으로 인한 자살 등 우울증이라는 병리적 현상에 대해 알아본다.

ⓔ4 | 08 네 번째 사과
세계 최초로 인공지능의 개념을 구상하고 독일군의 암호통신기 애니그마를 해독해낸 수학 천재 앨런 튜링. 동성애자라는 이유로 호르몬을 강제로 투여받고, 끝내 자살에 이른 그의 삶과 과학계에 남긴 그의 영향을 살펴본다.

ⓔ8 | 28 동물의 눈을 가진 여자
"나는 언어가 아닌 그림으로 세상을 본다." 자폐증으로 인해 동물의 세계를 이해할 수 있게 된 동물학자 템플 그랜딘 박사. 그녀의 삶과 이른바 '관점주의'가 지닌 의미를 설명한다.

23 5월 35일

ⓔ1 | 022 2-34, 2-35, 3-36
아직 끝나지 않은, 아니 끝낼 수 없는 1980년 5월의 광주. 광주 민주화운동의 의미와 주요 사건일지를 촘촘하게 정리했다.

ⓔ2 | 25 서울 중구 태평로 1가
1919년 3·1운동, 1960년 4·19혁명, 1964년 6월 한일회담 반대시위, 1987년 6월 민주항쟁, 2002년 미군에 의해 희생된 두 명의 여중생 추모 촛불집회와 2004년 이라크 파병 반대 촛불집회까지, 한국 시민혁명의 역사를 복기하며, 정치사회학자 에이프릴 카터가 정의한 '직접 행동'의 의미를 설명한다.

ⓔ3 | 16 1968
"금지하는 것을 금지한다." 프랑스 68혁명의 역사를 비롯해 우드스톡 페스티벌 그리고 일본의 전학공투회의(약칭 전공투)에 이르기까지, 낡은 체제와 관습을 전복시키기 위해 펼쳐졌던 세계사 속 다양한 혁명과 투쟁의 자취들을 살펴본다.

ⓔ3 | 19 현대국가
'랑군의 봄'이라 불리는 1988년 미얀마 민주화운동을 돌아보며 미얀마 군부통치의 역사와 샤프론 혁명 그리고 '아웅산 수치'라는 이름으로 상징되는 미얀마 자유투쟁의 역사를 설명한다.

ⓔ8 | 06 마요 광장의 어머니들
1976년 칠레의 군부통치를 반대하다 사라져버린 자식들. 그리고 1977년 5월부터 매주 목요일 조용히 마요 광장을 도는 어머니들의 이야기. 칠레 민주화운동의 역사와 더불어 1980년 이후 한국 민주화운동의 역사를 정리한다.

/ 김진혁 PD   2005.09~2008.02

도곡동 EBS 사옥 4층에서 끙끙거리며 첫 편 '1초'를 만들던 2005년에는 〈지식채널ⓒ〉가 2017년에도 존재하고 있을 것이라고 전혀 예상하지 못했다. 12년이란 긴 세월 동안 참 많은 일들이 있었고, 〈지식채널ⓒ〉 역시 그 시간을 온몸으로 겪어냈다. 그 긴 여정을 거쳐 도달한 『지식ⓒ』의 열 번째 책. 부디 이 책은 〈지식채널ⓒ〉에게 평안한 '집'이 되길 바란다. 웰컴 홈, 지식ⓒ.

/ 김이진 작가   2005.09~2014.11

〈지식채널ⓒ〉라는 이름을 들으면 늘 2005년 어느 여름날이 생각납니다. 그날은 '이름도 없이 내려온 불쌍한 프로그램, 있어도 그만 없어도 그만인 존재감 없는 프로그램'을 떠맡은 PD 두 명과 작가 두 명의 첫 회의 날! 그러나 낙담과 실망은 잠깐뿐이었습니다. 우리는 인간, 우주, 문학, 민주주의, 야생동물까지 수많은 이야기를 나누며 깔깔댔죠. 우리가 메워야 할 시간이 '겨우 5분'이라는 사실이 끝없는 상상을 하게 했습니다. 그날, 우리의 첫 회의가 저에겐 여전히 가장 감동적인 〈지식채널ⓒ〉 한 편으로 남아 있습니다.

'5분'의 무게는 가볍지 않았습니다. 솔직히 고백하자면 도망치고 싶을 때도 있었습니다. 한 글자도 쓰지 못하고 한숨만 나올 때면 그런 생각을 했죠. '〈지식채널ⓔ〉를 하지 않았다면 어땠을까?' 그때마다 고개를 가로저었습니다. 〈지식채널ⓔ〉를 만난 덕분에 좁고 얕던 제 세상이 조금은 더 넓고 더 깊어졌으니까요. 그래서 저는 〈지식채널ⓔ〉가 참 고맙습니다.

'이 프로그램 방송대상 타야 하는 거 아닌가요?'라는 제목으로 2005년 〈지식채널ⓔ〉 시청자 게시판에 첫 글을 써주신 윤*국 시청자님 고맙습니다. 그 글을 보고 저희 제작진, 너무 기쁘고 신나서 더 열심히 더 치열하게 회의했습니다.

음악과 편집 효과로 세 장의 구성안을 훌륭한 방송으로 만들어주신 음악감독님, 편집감독님 고맙습니다. 그동안 〈지식채널ⓔ〉에서 일했던 반짝반짝 빛나던 조연출님들, 함께 고민하고 만든 PD님들, 힘들 때마다 뒤에서 밀어주고 앞에서 끌어주신 작가님들 고맙습니다. (특히 '1초'를 시작으로 지난 12년 동안 많은 영감을 주시고 버팀목이 되어주신 김이진 작가님께 깊은 감사를 드립니다.) 마지막으로 이 책을 보고 계신 독자 여러분, 고맙습니다. 『지식ⓔ』가 여러분 마음속에 스며드는 책이 되면 참 좋겠습니다.

2006년이 기억납니다. 돌이켜보니 〈지식채널ⓔ〉는 스물일곱 애송이였던 제게 기적처럼 다가온 프로그램이었습니다. 지금껏 살면서 그때처럼 열심히, 몰입하며 일했던 적은 없었던 것 같아요. 지금도 가끔 방송을 보고 홈페이지 게시판에 남겨주신 시청자 분들의 댓글과 소감을 떠올립니다. 제가 하는 방송이 소외된 분들과 사회에 조금이라도 도움이 될 늘 바랐습니다. 지금은 작가의 일상을 보내진 못하지만 〈지식채널ⓔ〉는 언제나 제 마음속에 빛나는 이름으로 남아 있습니다.

/ 박계영 작가   2008.10~2011.02 / 2013.02~2015.02

때로는 지극히 삶에 밀착되는 생생함. 때로는 삶을 관통하는 날카로움. 때로는 끝 모르게 부풀어 오르는 상상력. 그리고 때로는 그것들이 서로 섞이면서 한 편, 한 편이 완성되었다. 하나의 프로그램이 그럴 수 있다는 사실을 조금씩 깨달으면서 일했다. 아주 큰 기쁨이며 두려움이었다. 언제나 늠름했던 작가 장현에게 그리움을 전하며…

/ 김한중 PD   2009.08~2013.02 / 2014.08~2015.02

만 4년 동안 400여 편의 〈지식채널ⓔ〉를 제작했다. 400여 편의 타이틀, 스토리, 음악, 편집과정 등이 아직 생생하다. 그립다. 그토록 치열한 제작진들을 과연 다시 만날 수 있을까. 힘든 시대를 함께 했던 모든 제작진들에게 감사드린다. 그리고 〈지식채널ⓔ〉의 유일한 존재 이유인 시청자들께 깊은 감사를 드린다.

/ 문정실 작가   2012.03~2016.03

유난스럽다고 할지 모르겠지만, 몇 편의 〈지식채널ⓔ〉 원고를 아직도 가지고 있다. 한 편을 완성하기까지 나 자신에게 던진 질문과 고민의 흔적들을 버리기 아까웠다. 아이템과 생각을 정리한 종이, 초고, 수차례 빨간 펜으로 수정한 원고, 편집 컷 모음, 그리고 최종 원고까지… 〈지식채널ⓔ〉 원고를 쓸 때에는 손가락 끝의 신경까지도 집중시켰다. 진심을 다했던 그 순간들이 가끔 그립다.

/ 김수현 PD   2012.08~2014.02

〈지식채널ⓔ〉 제작진으로서 함께 했던 시간을 돌이켜보면 결국에는 고마운 사람들과 소중한 기억만 맴돈다. 참 따뜻한 프로그램이었다. 이제는 시청자로서 〈지식채널ⓔ〉가 앞으로도 우리 곁에 함께할 수 있도록 응원하려

한다. 부디, 오래도록!

/ 황정원 PD   2014.02~2017.02

더 좋은 세상을 만드는 힘은, 작은 것을 귀하게 여기는 사람들의 진심이라고 생각합니다. 더 많은 진심에 귀 기울이고, 그 진심을 응원할 수 있었던 참 귀한 시간이었습니다. 앞으로 더 많은 시간, 〈지식채널ⓒ〉가 건네는 이야기에 더욱 귀 기울이겠습니다. 진심이 외롭지 않은 세상을 위해!

이 도서의 국립중앙도서관 출판예정도서목록(CIP)은 서지정보유통지원시스템 홈페이지
(http://seoji.nl.go.kr)와 국가자료공동목록시스템(http://www.nl.go.kr/kolisnet)에서
이용하실 수 있습니다.(CIP제어번호: CIP2017028734)

지식ⓔ and

ⓒ EBS 2017

1판 1쇄 | 2017년 11월 15일
1판 4쇄 | 2019년 5월 29일

제작 방송 | EBS
지은이 | EBS지식채널ⓔ 제작팀
출판주관 | EBS ⓜⓔ 미디어
펴낸이 | 김정순
기획 | 김소영
책임편집 | 김소영 한아름
해설정리 | 조영주
디자인 | 박대성
마케팅 | 전선경 김보미 임정진

펴낸곳 | (주)북하우스 퍼블리셔스
출판 등록 | 1997년 9월 23일 제406-2003-055호
주소 | 04043 서울시 마포구 양화로 12길 16-9(서교동 북앤빌딩)
전자우편 | editor@bookhouse.co.kr
홈페이지 | www.bookhouse.co.kr
전화번호 | 02-3144-3123
팩스 | 02-3144-3121

ISBN 978-89-5605-825-2 03810

* 이 책은 EBS 미디어와의 출판권 설정을 통해 〈지식채널ⓔ〉를 단행본으로 엮은 것입니다.
* 본문에 포함된 사진 및 통계, 인용문 등은 가능한 한 저작권과 출처 확인 과정을 거쳤습니다.
  그 외 저작권에 관한 사항은 편집부로 문의해주시기 바랍니다.